Das Weib an sich

und

die Frauen im Besonderen

Erzählungen zwischen
Magie und Realität

Ilse Brehmer

Magie-Verlag

Ilse Brehmer
„Das Weib an sich
und
die Frauen im Besonderen"
Erzählungen zwischen Magie und Realität

Copyright 2003 by Magie-Verlag Puchheim
Herstellung: Books on Demand GmbH
Coverentwurf und –gestaltung: Christine Niessen
Alle Rechte vorbehalten
ISBN: 3-936583-02-1

INHALT

Das Weib an sich
Eine einleitende und erschöpfende Darstellung zum
Thema 7

Der Mund
Über die Schwierigkeiten, einen auf die Lippen gepressten
Mund zu entfernen 14

Die Männerjägerin
Die verschiedenen Gelegenheiten und Methoden des
Männerfanges 17

Johann, der Herrliche – Der optimale Mann 31

Sucuba und Incubus
Liebeslust und Liebesleid als Traum 33

Ik bin din un du bis min
Eine große Liebe 39

Die Würgerin von O.
Der vergebliche Versuch einer Universitätsangehörigen, mit
magischen Manipulationen die Universität zu zerstören 40

Stadtschreiber in Schongau
Oder Apoll in der Provinz 58

Nach zwanzig Jahren
Gibt es einen neuen Anfang? 79

Abschied von Scholastika
Einer exakten Linguistin verschwimmen die Begriffe
und die Realität   85

Der Schrebergarten der Witwe
Die Erlösung durch Grabpflege   103

Die Alleinige
Eine Büroangestellte verschwindet im Grau   117

Das ewig gackernde Haushuhn
Über die Freuden erfüllter Pflichten   128

Die Hausfrau und der Handwerker
Begegnungen mit einer besonderen Spezies   152

Die Suche nach dem winterharten Buddha
Über eine gute Mutter und ihre guten Kinder   159

Hinter Gittern
Eine Frau verreist   165

Großmütterchen erzählt
Eine Geschichte im altdeutschen Stil   173

Die Wartende
Über die allgemeine Langeweile des Lebens   186

Das Weib an sich

eine einleitende, systematische und erschöpfende
Darstellung zum Thema

„Ein Mann muss eure Herzen leiten, denn ohne ihn
pflegt jedes Weib aus seinem Wirkungskreis zu
schreiten".(Sarastro in der Zauberflöte, Schikaneder /
Mozart)

Das Weib an sich ist eine Schöpfungstat des Mannes.
Gottvater schuf es, damit sich Adam im Paradies nicht
zu sehr langweilte, er brauchte eine Entertainerin. Und
wie der Manngott das Weib aus der Rippe des Mannes
entstehen ließ, so schuf der Menschenmann das Weib
immer wieder aus sich heraus.

Der Mann ist ein Wesen, dessen Haupt in den Wolken
schwebt, dessen Füße fest auf der Erde stehen und
dessen Schwanz in die tiefsten Höllen reicht. Und das
ist sein Problem. Deswegen bindet er sich um den
Hals einen Strick, damit sein Gefühl und erst recht
nicht seine tiefer liegenden Triebe in seinen Kopf
steigen.

Und so schuf er sich das Weib an sich. Es ist das
Glück, die Liebe, das Ewigweibliche, das ihn hinan
zieht, selbst wenn er das irdisch Weibliche vorher in

den Tod treibt. Denn das Weib an sich ist Barmherzigkeit, Geduld, Sanftmut, Güte. Mit zarten Händen heilt es alle Wunden, flicht Rosen und Lorbeer um die Stirn des Mannes, damit die von Männern gewundene Dornenkrone nicht so piekt.

Das Weib an sich lässt sich preisen, besingen, bedichten, in Farbe und Marmor fassen, allerdings ist dies immer mit einem nicht so kleinen Vorwurf an die Frauen im Besonderen versehen. Doch das Weib an sich sonnt sich in dem Preis und Lob und schwillt dabei an wie ein Hefeteig im Warmen, es entwickelt eine üppige Masse mit kleinen gasigen Löchern und steigt in den Äther der reinen Ideen wie bunte Luftballons.

Die virtuelle Form des Weibes - Pardon, die visuelle Form variiert im Zeitgeschmack, so hat die Venus von Willendorf keine Füße, die großen Statuen in Malta keinen Kopf, und die Venus von Milo keine Arme. Aber daraus zu schließen, dass das Weib an sich kopflos, handlungsunfähig und nicht standfest ist, wäre eine unzulässige Übertreibung, denn die männliche Phantasie hat in den Jahrtausenden an einigen Varianten gearbeitet.

Da ist die Mutter, in der christlichen Tradition keusch verhüllt von Kopf bis Fuß. Sieht man ein bisschen nackte Brust, so wird diese von einem Kind (männlich) benutzt, eingesaugt. Sie ist die Fürsorge, die Ernährerin, sie ist das Gefäß des Mannes, die Magd des Herrn. Sie ist der Boden, auf dem der Mann gedeiht. Sie ist die allumfassende Liebe, nach der er sich sein Leben lang sehnt, und der er immer entkommen will. Die Mutter seiner Erfahrungen dagegen verfolgt er mit nicht ermüdendem Hass, denn sie ist an allem Schuld, vom Bettnässen, über Impotenz bis zum Krieg, denn die Mutter an sich hat die Glückseligkeit auf Erden herzustellen.

Die zweite Form ist die Geliebte, Aphrodite, Venus, die schönste Frau der Welt, alle Männer wollen sie besitzen, aber sie liebt nur den einen, der sich selber als den Mann an sich sieht. Jeden Morgen erschafft sie sich neu, schaumgeboren entsteigt sie dem Meer und nicht den Sitzungen vor dem Kosmetiktisch, sie ist ständig bereit für die Liebe. Sie ist ewig jung und dem jeweiligen Zeitgeschmack angepasst, mal üppig, mal magersüchtig. In der europäischen Variante ist sie überwiegend blond und langbeinig und schaut mit blauen Augen schmachtend und verheißungsvoll auf den Mann. Auf den Bildern braucht sie keine oder geringe Bekleidung, in der Realität ist der Stoffverbrauch auch nicht exorbitant, jedoch die Menge der Kleidungstücke beachtlich. Das Blonde an sich hat auch den Touch der Reinheit, nicht nur der körperlichen sondern auch der seelischen. Sie ist das nordisch Klare, unbefleckt von dem Samen anderer Rassen. Selbst wenn ihr Röckchen hochfliegt und die Dessous zu sehen sind, selbst wenn sich ihre Brüste wie Melonen, Orangen oder nur Marillen darbieten, so haftet doch immer die Unschuld des nicht benutzten Weibes an ihr.

Das blonde Weib ist selbstverständlich dumm, denn das ist ihre Klugheit. Der Mann an sich, ein beschränktes Wesen, kann ihr so immer die Welt erklären, selbst wenn er sie selber nicht versteht. Sie erfährt viel, redet kaum, aber sie lächelt und bewundert und ist ein Schmuckstück des Mannes.

Reden wir nun von der Brünetten, oder sagen wir doch einfach der Braunhaarigen, deren Haare weder blond noch schwarz noch rot sind, sondern einfach eine Mischung, die nichts ist. Sie mag ja im Einzelfall schöne Augen oder eine gute Figur haben, aber eigentlich ist sie nicht das Weib an sich, sondern eher die Hausfrau an sich. Sie wird höchstens in Kupferstichen oder in kleinen Bildern für den Damenboudoir dargestellt, sie spielt eine verschämte Rolle, etwa als „ tüchtige Hausfrau, Mutter der Kinder" oder darf zum Entzücken von Werther das Brot aufschneiden, bei Rousseau sollte sie eigentlich gar nichts machen, nur dem Manne gefallen, seine auf ihn bezogene Ergänzung sein, in der deutschen Variante dagegen ist ihr Schürzchen und ihr Häuptchen immer rein, die Hausarbeit muss unsichtbar bleiben, kann höchstens wie in Miss Doubtfire von einem Mann als Slapsticknummer vorgeführt werden. Also lassen wir diese langweilige Person, mausgrau, mausbraun, es ist schon schlimm genug, dass sie in der Realität so häufig vorkommt, aber in dem Himmel und der Hölle des Weibes an sich hat sie nichts verloren und erscheint nur in den moralischen Traktaten zur Frauenbildung und in den Büchern zur Haushaltsführung, also Werken, die der Mann an sich nicht liest, nicht kennt und die deswegen von keiner Bedeutung sind.

Schreiben wir lieber von der Nachtschwarzen, deren Haare wie Rabenschwingen sind und deren melancholische Augen (braun) in die unbestimmte Ferne schweifen. Ihr klassisches Profil, dem Zuschauer zugewandt, blickt in die Ferne, Iphigenie auf Tauris sucht das Land der Griechen oder des Griechen mit der Seele, Ariadne auf Naxos verlassen vom Heros wartet auf den Gott. Sie ist die Sehnsüchtige, die Erwartende, die sich Verzehrende. Was geschieht mit ihr, wenn er endlich kommt, der Gott, der Erlöser, der Mann? Vielleicht färbt sie sich die Haare blond und setzt dieses törichte Lächeln auf? Sie kann selbstverständlich auch tragisch an ihrem Leiden untergehen, an gebrochenem Herzen oder in der Oper an einer melodiösen Tuberkulose, dann bleibt sie immerhin edel und rührt zu Tränen, allerdings eher bei Frauen als bei Männern, denn der Mann an sich, wie bekannt, weint nicht.

Kommen wir nun zu der Frau, die leidenschaftlich, vital ist, welche die Männer in ihrer Umarmung zu den höchsten Höhen führt, der Vamp, begehrenswert und zerstörend. Rot flammt ihr Haar, die Augen funkeln grün, sie tanzt und singt wie Carmen oder in etwas weniger gehobenen Art. Sie produziert sich als das Lustobjekt, unmöglich ist es dem Mann zu widerstehen. Selbstverständlich verlässt er die Mausbraune für sie, vergisst alle Ehrbegriffe, verschleudert sein Geld, sie ist die Zauberin, deren Magie sich kein männliches Wesen entziehen kann. Hilflos ist er der großen Verführerin ausgeliefert. Schon im Paradies ...aber ich verstehe diese Geschichte nicht so recht, denn eigentlich war das doch ein positiver Schritt in die weitere Entwicklung, immer nur Gemüse und Obst zu essen ist doch nicht gerade spannend und produktiv, der Mann bekam doch durch die Anleitung von Eva zwei ihn kennzeichnende Tätigkeiten: die Erkenntnis und die Arbeit. Was wäre der Mann an sich ohne diese!

Jedoch so wird es nicht gesehen, nicht beschrieben, das Weib an sich brachte die Sünde und den Tod. Sie ist die Verschlingende, die den Mann in ihren Schoß hineinsaugt, ihn auslöscht, ihn auffrisst. Er begehrt dieses Gefühl der Nichtexistenz, und gleichzeitig vergeht er vor Furcht. Das Weib an sich ist gefährlich, und so muss und musste er dagegen etwas tun, er verbrannte sie als Hexe, er tötet sie bei Widerstand, nur in der Vergewaltigung kann er seine Macht spüren, er lässt ihre Genitalien beschneiden, erst dann ist sie richtig Frau. Diese Beschneidung muss nicht überall physisch sein, es reicht auch aus, Bilder zu entwerfen, die dem Weib an sich die Sexualität untersagen, Keuschheit und Züchtigkeit, Zurückhaltung und vaginale Unempfindlichkeit können sowohl theologisch wie medizinisch in die Psyche eingepflanzt werden. So kann das gefährliche Weib an sich kastriert werden, leider verliert es dabei seine rote Glut und wird mausbraun. Und so braucht der Mann im Allgemeinen mehrere Frauen je nach seiner Laune und seinem Bedarf, denn so erschuf er sie sich, sich zum Bilde erschuf er sie, das Weib an sich.

Das waren einleitende Bemerkungen, so dass ich mich nun den Frauen im Besonderen zuwenden kann.
Sie waren **systematisch**, da ich sie nach der Kategorie Haarfarbe angelegt habe, es wären auch andere Kategorien möglich wie Größe des Busens oder Länge der Beine, jedoch lagen mir dafür keine empirischen Befunde vor - und **erschöpfend**, weil mich das Schreiben erschöpft hat.

Der Mund

Über die Schwierigkeiten, einen auf die Lippen
gepressten Mund zu entfernen

Sein Mund lag fest auf dem ihren, fordernd saugten seine Lippen.

Es wurde ihr lästig, und sie packte den Mund und legte ihn auf das Bord, um ihn bei passender Gelegenheit zurückzugeben. Jedoch der Mund sprang sofort wieder auf ihre Lippen Sie wusste, dass sie sich so leicht nicht von ihm trennen konnte. Also suchte sie ein Gefäß, um ihn besser zu verwahren. Eine Porzellandose mit zwei schnäbelnden Tauben, die er ihr einmal vom Trödel mitgebracht hatte, war eine geeignete Urne. Sie griff erneut den Mund und verschloss die Dose mit dem Deckel. Dann ging sie in die Küche, um sich ein Brot zu streichen.

Als sie wieder in das Wohnzimmer kam, sah sie, dass die Dose ganz nahe am Rande des Bordes stand und, bevor sie sie zurückrücken konnte, fiel die Dose mit einem kleinen Hüpfer auf den Boden und zerbrach. Sie fluchte und holte Kehrblech und Schaufel. Als sie sich über die Scherben beugte, sah sie, dass der Mund eine kleine Verletzung hatte, ein Blutstropfen entfaltete sich wie eine kleine Blüte. Der Mund sprang sie wieder an und lag fest und fordernd auf ihren Lippen.

14

Sie suchte nach einem besseren Gefängnis, schließlich fand sie ein warm leuchtendes Olivenholzkästchen, das mit blauem Samt ausgeschlagen war, eine Erinnerung an einen gemeinsamen Aufenthalt in Valdemossa. Es hatte ein kleines goldenes Schloss mit einem kleinen goldenen Schlüssel. Sie riss sich den Mund ab, bettete ihn auf Samt, schloss den Deckel und drehte den Schlüssel um. Jetzt machte sie sich zur Arbeitsstätte des Mannes auf, um ihm sein Teil wiederzugeben.

In der Eingangshalle des großen Konzerns wollte sie dem Portier das Kästchen übergeben. Er fragte: „Was ist darin?"

„Nur ein Geschenk."

„Machen Sie es auf und zeigen Sie es mir!"

„Aber das ist doch nicht nötig", sagte sie. Es rumpelte leicht in dem Päckchen.

„Wenn Sie sich weigern, rufe ich die Polizei, schließlich kann es eine Briefbombe sein."

Resigniert öffnete sie die Verpackung und drehte den Schlüssel um, und kaum hatte sie den Deckel geöffnet, saß der Mund wieder fest und fordernd.

„Da ist ja gar nichts drin", meinte der Portier, „Sie können das Kästchen schon hier lassen."

Aber sie nahm es mit und ging in den dunkler werdenden Abend. Die Schaufenster leuchteten ihre Waren als Begehrlichkeiten aus, und der Mund presste sich immer fester an sie.

Schließlich kam sie an den großen Fluss, in dem die Lichter schwammen. Mit aller größter Gewalt musste sie die Lippen befreien, fast schien ihre eigene Haut sich abzulösen. Wieder verschloss sie in größter Eile das Kästchen und warf es dann in weitem Bogen in das Wasser, sie sah es eine Weile treiben und dann von einem Strudel in die Tiefe gezogen werden.

Ihre Lippen waren wund und rau, eine Freundin spottete noch Tage danach: „Du hast wohl zuviel geküsst."

Sie schwieg, eine kleine Narbe blieb auf der Oberlippe.

Als der Mann wieder einmal anrief mit einer eigenartig verdumpften Stimme, gab sie keine Antwort, sondern legte den Hörer schnell, doch behutsam, auf die Gabel.

Die Männerjägerin

Die verschiedenen Gelegenheiten und Methoden des
Männerfanges

Sie war hungrig, der Hunger fraß in ihr, biss sie, höhlte sie aus. Im Bauch, im Herzen und unterhalb des Bauches. In ihrem Kopf schrie nur ein Gedanke: „Mann, einen Mann, Mann!"
Wo sie auch war, wo sie auch ging, nur ein Gedanke: „Mann, einen Mann, Mann!"

Fuhr sie im ICE, so spürte sie gleich durch die Waggons: „Wo? Wo?"
Sah sie dann versteckt in einem Sitz ein Exemplar, männlich und allein, so setzte sie sich auf den Anstand, schob den Rock etwas höher und zeigte Bein. Das war das Beste an ihr und steckte in durchbrochenen schwarzen Strümpfen mit leichtem Silberglimmer.
Sie warf den Köder aus. Manchmal warf das Wild einen kurzen Blick darauf, doch meistens versteckte es sich hinter einer Zeitung oder tippte ungerührt auf dem Notebook. Sie ging dicht an ihm vorbei und rieb ihren Duft Destiny oder Poison unter seine Nase. „Mann", flüsterte sie, „Mann", wie ein ewiges Mantra, wie eine magische Beschwörung in sich hinein. Selten erreichte sie damit einen kurzen abwesenden Blick,

dann wieder Zeitung, Laptop, Handy. Das Wild war scheu. Manchmal – wenn das Jagdglück es wollte – schlenkerte der ICE mal wieder. Sie fiel fast auf ihn. „Entschuldigung", hauchte sie mit der Stimme der Sirenen, denen wenigstens in der griechischen Mythologie kein Mann widerstehen konnte.

„Keine Ursache", sagte das Wild, und dann wieder Zeitung, Laptop, Handy usw. usw.

Im Speisewagen setzte sie sich nur an Tische, an dem ein Einzelner Bier in sich goss.

„Oh, könnten sie mir bitte die Speisekarte geben", sie hauchte wieder, legte das Köpfchen schief und sah ihr Gegenüber unter gesenkten Augenlidern bewundernd an. Die Karte stand wie üblich im Ständer. Aber wenn der Mann sich langweilte, reichte er sie ihr.

„Was meinen Sie, ist heute gut zu essen?"

Wieder dieses hilflose Geschau. Sie wusste, dass Überlegenheitsgefühle ein erregender Duft für Männer sind, mit der sie sich selbst stimulieren. Wenn dieser Mann – es waren viele Wenns, viele Handicaps im Spiel, - also wenn dieser Mann sich langweilte und genügend Bier konsumiert hatte, entstand eine Kontaktaufnahme. Vielleicht empfahl er die Goulaschsuppe, die sie persönlich verabscheute, aber die sie bestellte und selbstverständlich lobte, obwohl es sie würgte. Aber der Jäger auf dem Hochsitz muss

18

auch bei Mückenschwärmen still sitzen. Vielleicht war der Mann gerade in Ungarn gewesen und erzählte ausführlich über Goulaschsuppen aus dem Land, wo sie endemisch sind. Oder er war gerade dabei, ein Lokal zu eröffnen und berichtete breit, wo er welche Nahrungsmittel einkauft, Trüffel aus Frankreich und die beste Blutwurst holte er sich aus Belgien.

Sie lispelte: „Oh, nein" – „Wie interessant!" – „Wirklich, das hätte ich nicht gedacht."

Und manchmal wagte sie sogar einen längeren Satz. „Aber das kann ich gar nicht verstehen, erklären Sie es mir bitte." Und so unterstützte sie den Gesprächsfluss, stets Anteil nehmend und stets ein bisschen dumm.

Aber dann kam Fulda, und der Mann sagte nur: „Hier muss ich aussteigen. Tschüss!" Sie hatte nur den mehligen Tomatengeschmack im Mund, der Hunger zerriss sie fast.

Es gab aber auch andere Jagdgründe, wo das Wild nicht so schnell entkommen konnte. Z.B. der Heilpraktiker, sie zahlte ihm immerhin als Privatpatientin 75 Euro für die Stunde, und da es viele Heilpraktiker gibt, war er darauf angewiesen. Außerdem sah er ihr so tief in die Augen und wusste um all ihre Schwächen. Sie liebte das Setting, und wenn er ihr dann sanft mit den Akupunkturnadeln die Ohren durchbohrte, stieß sie kleine orgastische Seufzer aus.

Sie brachte ihm je nach Jahreszeit ein Veilchensträußchen oder eine einzelne Rose mit. Da sie durch behutsames Nachfragen erfuhr, dass er unbeweibt war, lud sie ihn zu einem Essen ein. Er schob Termingründe vor, aber sie ließ nicht locker und bat ihn, jeden Termin zu nennen, der ihm genehm war. Er wandte sich zum Fenster und schaute auf die Straße, sie sah nur, wie sich sein Rücken erst wölbte dann straffte.

„Ich muss Ihnen", sagte er, und er versuchte seiner Stimme einen verlegenen Klang zu geben, „ich muss Ihnen ein Geständnis machen. Ihre Aufmerksamkeit schmeichelt mir, aber ich bin…" etwas würgte in seiner Stimme, „ich bin homosexuell."

„Aber", sagte sie ganz entsetzt, „sind Sie sich da ganz sicher? Vielleicht haben Sie nur noch nicht die richtige Frau gefunden?"

Und sie zeigte wieder ihre Beine und ihre Miene war voll Anteilnahme. Aber er beharrte auf seinen abartigen Neigungen.

„Sehen Sie, ich finde Sie ausgesprochen sympathisch", er dachte an ihre prompt bezahlten Rechnungen, „aber meine Neigung ist eindeutig, ich habe einen festen Freund."

Sie verlor die Hoffnung nicht ganz, denn schließlich ist die Schöpfung doch so angelegt, dass Frau und Mann zusammen gehören, und irgendwann würde er es doch vielleicht begreifen, so unterstützte sie ihn weiterhin. Außerdem hatte sie ja auch genügend Beschwerden, denn dieses reißende Gefühl in ihrem Körper manifestierte sich von den Haarspitzen bis zu den Fußzehen in verschiedenen Leiden, die man alle mit weißen Kügelchen und Akupunktur behandeln konnte.

Die Geschichte mit dem blinden Masseur verlief anders. Sie zog sich langsam aus, ließ ihren Rock knisternd zu Boden fallen, strich dann langsam über die rosenglänzende Seide ihres Unterkleides, die Farbe war zwar verschwendet, jedoch der zarte Jasmingeruch entfaltete sich. Mit einem leisen Schnapp öffnete sie den Verschluss ihres BHs und ließ dann raschelnd das Spitzen durchbrochene Unterhöschen fallen. Sie streckte sich hingebungsvoll auf die Liege und seine festen Finger durchwühlten ihr weiches Fleisch, tief sanken sie ein, spürten die Knoten, der Verspannungen, lockerten kräftig und doch sanft die Halsmuskulatur, die harten Stellen an den Schultern und dem Rücken. Er ging jeden einzelnen Wirbel hinunter, sie stöhnte in kleinen Seufzern vor Behagen, und als er schließlich oberhalb des Steißbeins, dort wo das Sexchakra sitzt, sie mit seinen Fingerkuppen berührte, brachen heiße Wellen in ihrem Unterleib.

„Oh, das tut gut", stöhnte sie, „mehr, mehr!"

Aber die Massage war beendet, doch es gab einen

neuen Termin. Sie fragte ihn nach seinem Leben, und da er einsam war in seiner Dunkelheit, begann er zögernd, von sich zu erzählen, von seiner langsamen Erblindung in der Kindheit, von der schwachen Erinnerung an Farben, von den Schwierigkeiten des alltäglichen Lebens.

„Aber ich finde mich jetzt gut zurecht", sagte er, um ihr Mitleid abzuwehren. „Außerdem gibt es ja auch noch andere Dinge auf der Welt."

Auf ihr mehrmaliges Insistieren gestand er dann, dass er schrieb.

War das nicht der Himmel, ein Dichter, ein blinder Dichter, sie dachte gleich an Homer. Wie konnte sie ihm doch helfen! Muse konnte sie ihm sein und alle Schwierigkeiten des Lebens aus dem Weg räumen. Sie lud ihn zu sich ein, aber er sagte:

„Es ist besser, sie kommen zu mir, in meinen Räumen fühle ich mich sicherer."

„Und sie müssen mir etwas von Ihren Texten zeigen." Sie hätte beinahe vorlesen gesagt, und das wäre wohl nicht richtig gewesen. Also besuchte sie ihn, die Wohnung war dunkel, irgendwo fand sie einen Lichtschalter, der eine einsame Glühbirne zum schwachen Leuchten brachte.

„Ich brauche ja kein Licht", sagte er, „warum soll ich dann dafür Geld ausgeben."

Sie beschloss das nächste Mal, beim nächsten Besuch mehr Licht in die Wohnung zu bringen, wenn es ein

22

nächstes Mal geben würde.

Er bewegte sich durch die Wohnung, holte Tassen aus dem Schrank und setzte das Teewasser auf. Alle Hilfsangebote von ihr wehrte er ungeduldig ab, sie verstand das nicht, aber bewunderte ihn für seine Fähigkeiten. Sie sah sich in seiner Küche um und begann gleich einmal die Spüle zu putzen, sie sah, wo der Dreck von Jahren lag.

„Ich werde mal richtig für Sie putzen", sie fand auch, dass ein etwas strenger Geruch in der Luft lag, aber das konnte auch männlicher Schweiß sein.

„Ach lassen Sie doch das, für mich ist alles in Ordnung", sagte er ungeduldig, „trinken wir jetzt Tee, und ich zeige Ihnen, was ich geschrieben habe."

Er ging ins Wohnzimmer mit dem Tablett mit Tassen und Teekanne, sie befürchtete, er würde gleich alles fallen lassen, aber sie hielt sich mit ihren Hilfsangeboten zurück. Dort stand eine durchgesessene Couch mit einigen Flecken und einem fadenscheinigen Bezug, sie sanken tief in die Polster.

Er holte sein Geschriebenes, das er auf einer Blindenschreibmaschine getippt hatte. Sie las es ihm laut vor, sie sah sofort die Tippfehler und die fehlenden Kommas, aber sie dachte nur bei sich: „Das könnte ich für ihn korrigieren."

Laut sagte sie: „Das ist aber sehr interessant. Alles schildern Sie so plastisch, so anschaulich…"

Das letzte Wort war daneben.

„Meinen Sie", sagte er gereizt, „dass ich mir nichts vorstellen kann, weil ich blind bin!"

„Entschuldigen Sie bitte," sie war schon ganz verwirrt, „ich muss mich irgendwie umstellen. Aber ich finde Ihre Texte sehr eindrucksvoll und gut, die müssten unbedingt gedruckt werden."

Und damit war sie wieder auf der richtigen Schiene. Sie lobte ihn, unterstützte ihn, hörte sich seine Pläne an, und da sie auch eine Flasche Slibowitz mitgebracht hatte, landeten sie dort, wo sie hinwollte, im Bett. Allerdings hatte seine Massage mehr versprochen, jedoch vielleicht lag es am Slibowitz oder was immer ..., aber miteinander zu schlafen bedeutete doch was ..., was auch immer...

Eines Tages kam sie zu ihm, durchtränkt vom Regen, und er nahm ihre Füße in seine Hände, zog ihr die nassen Schuhe und Strümpfe aus und stellte alles zum Trocknen an die Heizung. Da wusste sie, dass es Liebe ist, er sorgte sich um sie, und sie würde immer für ihn sorgen, sie würde ihn begleiten auf seinem Weg zum Ruhm, sie wäre seine Muse.

Sie schickte ihm von ihr besprochene Kassetten mit Weltliteratur und eigenen Gedanken, die ihm nur insoweit gefielen, als sie auf sein Werk Bezug hatten, sie korrigierte auch seine Schriften, er war zwar deswegen immer misstrauisch, aber sie versuchte, ihn

24

immer wieder zu beruhigen. Selbstverständlich putzte sie auch an mehreren Tagen seine Wohnung.

„Ich tu das doch auch für mich", sagte sie.

„Du fühlst dich also nicht wohl bei mir. Es trennen uns doch Welten."

„Nein, nein", sagte sie, „du musst nur Geduld mit mir haben."

Aber wollte er Geduld haben?

Es verging kein Tag, an der er nicht etwas von ihr hörte. Wenn sie nicht vorbeikam, so rief sie an oder schickte ihm ein Päckchen. Sie kaufte für ihn kleine Repliken von Plastiken, z.B. den David von Michelangelo, damit er sie ertasten konnte. Sie drang in seine Welt ein und nahm immer mehr Besitz davon.

Ihn irritierte ihre ständige Bereitschaft zum Aufräumen, er fand die Dinge nicht mehr am gewohnten Platz, seine Wohnung wurde ihm entfremdet. Auch die ständigen Aufmerksamkeiten, all die Kassetten, die Objekte, die vielen Nahrungsmittel, er war nie mehr allein, ihre Gegenwart war immer spürbar, so lange schon hatte er sich eingerichtet in seiner Welt, sie war nicht gut, doch er war sie gewöhnt. Er versuchte, ihre Besuche einzudämmen, erfand Ausreden: die Arbeit und so. Dann sagte er es schließlich deutlich: „Ich brauche mal Zeit für mich."

Sie kam einen Tag nicht, aber rief dann gleich am nächsten Morgen an seinem Arbeitsplatz an, was er gar nicht mochte.

„Ich hab mir Sorgen um dich gemacht", sagte sie, „du solltest dich nicht zurückziehen. Das tut dir nicht gut."

Er schien ihr nicht entfliehen zu können, da hörte er von einer Beschäftigung in einer anderen Stadt. Er nahm die Arbeit an und beantwortete ihre Kassetten nicht mehr.

Sie fand ihn schließlich in einem nahe gelegenen Kurort. Sie ließ sich eine Kur verschreiben mit Massage und ließ sich bei ihm eintragen. Er massierte sie, doch ohne das Sexchakra zu berühren. Auf all ihre Fragen blieb er stumm.

„Warum hast du mir nicht geantwortet, warum bist du einfach weggegangen, warum ziehst du dich zurück?" Er schwieg, tat seine Arbeit und sagte nach einer dreiviertel Stunde: „Das war es", drehte sich um und wusch sich die Hände.

Sie wollte es nicht wissen, aber sie wusste es, es war vorbei.

Der Hunger fraß wieder in ihr, überall war er, im Gehirn, in den Augen, in der Nase, im Mund, er schnürte ihren Hals, er bedrückte ihre Brust, er ließ ihr Herz schmerzen, und der ganze Unterleib war eine Hölle von gierigen Flammen, die Beine zitterten und die Füße stolperten über jeden Stein.

Ihre Familie konnte ihren Zustand nicht mehr ertragen, immer wieder dieses Gejammer. „Warum finde ich keinen Mann? Warum ich nicht? Es gibt doch so viele Männer." Alle Familienfeste litten unter ihren Klagen. Schließlich sagte ihr Vater: „Ich werde ihr über Weihnachten eine Kreuzfahrt spendieren, dann kommt sie auf andere Gedanken, vielleicht findet sie da ja jemand – und außerdem haben wir mal Ruhe."

Dank des Bildungsauftrages des Fernsehens weiß jeder, was man für eine Kreuzfahrt dringend benötigt. So ging sie in einen Laden ‚Molly Schick' und erstand sechs verschiedene Badeanzüge, Bikinis ließ ihre Figur leider nicht zu, die Fettpölsterchen quollen zu reichlich, aber es gab da ganz raffiniert Geschnittenes, mit Schnüren, Blenden, Einsichten in weißes Fleisch. Dann erstand sie noch einige zeltartig lange Kleider, die an Hals, Ärmel-Enden und auch am Ausschnitt mit pseudoorientalischem Muster bestickt waren, dazu die entsprechenden Schuhe mit hohen Absätzen, das streckte die Figur und brachte ihre Beine zur Geltung, dann noch die Büstenhalter, die den Busen zur Perfektion formten. Und die Dessous in Rosa, Lila und Schwarz, durchbrochen mit Spitze und einige sogar offen im Schritt.. Sie vervollständigte ihre Kosmetikutensilien, überprüfte ihr Duftarsenal. Als alle ihre Waffen bereit waren, war ihr Kontostand in den roten Zahlen.

Doch nur wer wagt, gewinnt. Jeder Krieg hat seine Kosten.

Eine Kreuzfahrt zu beschreiben, ist genau so überflüssig, als wenn ich die Klorituale von Mitteleuropa beschreiben würde: unentwegt essen, am Swimmingpool liegen, blaues Meer rechts, blaues Meer links, am Abend großes Diner, danach Tanz und Unterhaltung, irgendwer singt vom Meer und von der Liebe, von Hawaii und der Liebe, vom Mond und der Liebe, von ... und der Liebe. Also es wurde die beste Stimmung produziert, und der Alkohol war zollfrei.

Und da traf sie ihn, ihn, der das große Glück war. Er forderte sie zum Tanzen auf, er war schon etwas älter, sagen wir 75, aber gut erhalten, die Haare waren schon davon gegangen, aber der Bauch kam gut heraus. Er summte die Lieder von der Liebe in ihr Ohr und führte sie mit festem Griff über das Parkett und dann zu einem Gläschen Champagner an die Bar. Sie sprachen über das komfortable Schiff, den guten Service, über die erfolgten und anstehenden Ausflüge. Er war Witwer und pensionierter Postbeamter, er hatte eine Eigentumswohnung und lebte am gleichen Ort wie sie.

Wenn das nicht eine Fügung des Schicksals war, dass man sich hier in den Weiten des Mittelmeeres traf, ja das musste Schicksal sein, was sonst? In der Heimatstadt lebten zwar eine Million Menschen, und davon war fast die Hälfte männlich, aber jetzt hatte es gewaltet, was dem Schicksal immer so gut ansteht.

Das Happy-End

Sie heirateten und wurden sehr, sehr glücklich und kauften sich ein Doppelbett, dessen Stirnwand mit Tigerfellimitat bespannt war, und in dessen Mitte ein Radiowecker eingebaut war, so wussten sie immer, was die Stunde geschlagen hatte, und sie konnten noch im Schlummer seine Lieblingsschlager aus den fünfziger Jahren hören. Und wenn dann bei Capri die rote Sonne im Meer versank, so versanken sie in ihren Umarmungen.

Er erzählte ihr alle Postgeheimnisse, denn die Post hat nicht nur eines. Sie las ihm Gedichte vor, um seine Bildung zu erweitern. Einmal die Woche ging er mit ehemaligen Kollegen zum Kegeln, sie besuchte einen Vortrag in der Volkshochschule. Zu Ostern fuhren sie nach Mallorca, und im September in den Schwarzwald. Kreuzfahrten waren ja nicht mehr nötig. So lebten sie glücklich und zufrieden, sie hatte, was sie wollte: einen Mann, einen Mann, er hatte, was er brauchte, eine Frau, die für ihn kochte und putzte.

....und wenn sie nicht gestorben sind, so leben sie noch heute.

Und die nicht so happy'ge Variante

Als der weiße Flieder wieder blühte, lag ein wenig Reif auf den Blüten. Sie wusste nicht mehr so recht, worüber sie mit ihm reden sollte, und Sex wird als tägliche Pflichtübung etwas fad, außerdem ist es nicht zeitfüllend. So reduzierten sie diese Beschäftigung. Erst warf sie nur ein paar kurze Seitenblicke, dann wurde seine Aufmerksamkeit ihr lästig, und sie entzog sich den ehelichen Pflichten. Er machte ihr Geschenke, aus dem Ersparten kaufte er ihr einen Nerzmantel, aber ein Nerz ist auch nur erotisch, wenn der Mann, der ihn um die Schulter legt, erotisch ist. Schließlich trennte sie sich von ihm und ließ sich scheiden.

Und dann begann es wieder, dieses Gefühl des Hungers im Bauch, im Herzen und unterhalb des Bauches. In ihrem Gehirn war nur ein Gedanke: Mann, einen Mann, Mann.

Johann, der Herrliche

Der optimale Mann

„Er ist der Mann, den ich wirklich liebe."
Sie lehnte sich an den geriffelten grauen Sockel.

……

„Ja, er ist die wirklich große Liebe, nie habe ich jemand so geliebt."

……

„Er ist so stark, so standfest, ich fühle mich von ihm beschützt bei Regen und Sonnenschein."

……

„Ich liebe sein Gesicht, seine buschigen Brauen, seine edle Nase, sein klassisches Profil, seine kraftvolle Figur."

……

„Er ist immer für mich da."

……

„Niemals wankt und weicht er."

……

„Ich weiß immer, wo ich ihn finden kann, nie betrügt er mich."

……

„Und er hat den Überblick über alles."

……

„Er sieht die Welt mit gradem Blick und schaut auf sie herab."

……

„Es ist eine Liebe, die Jahrhunderte überbrückt und doch ganz gegenwärtig ist."

……

„Ich weiß, er wird mich nie verlassen."

……

„Ich kann immer zu ihm kommen und ihm alles erzählen."

……

„Er hört zu, und ich weiß, er versteht mich."

……

„Auch wenn ich fern von ihm bin, fühle ich ihn immer in meiner Nähe."

……

„Seine Stärke gibt mir Kraft."

……

„Ohne ihn könnte ich nicht leben."

……

„Wer er ist? Aber das ist doch klar."

Sie fuhr sanft mit ihren Fingern über die goldenen Lettern auf dem Sockel.

„Er ist hier, Johann der Glorreiche."

Sucuba und Incubus

Liebeslust und Liebesleid als Traum

Ich überstand den Tag, so wie es gefordert war, manche fanden mich sogar tüchtig, aber wenn ich dann im Bett lag, war es so leer, nur das Kopfkissen war in meinen Armen, und ich sehnte mich nach dir. Ich versuchte, dich zu erreichen und meine Sehnsucht streckte alle Sinne aus.

Ich sah dich liegen zwischen wohl aufgeschüttelten Kissen und Decken mit buntem Design. Du lagst auf der Seite, abgekehrt von dem Bündel im anderen Bett. Dein Mund leicht geöffnet – ein leises Schnarchen – meine Hand fühlte die Wärme deiner Haut, ich atmete die schlafdumpfe Luft.

Meine Finger berührten die widerspenstigen Spitzen deiner Haare und drangen in die Höhlen deiner Löckchen, zogen sie über meine Finger wie kleine weiche Ringe und glitten dann abwärts zu dem Gekörne deiner Haut. Deine Hand fuhr hoch, um eine Fliege ins Nirwana zu schleudern. Ich zuckte zurück und wartete auf deine schlaftrunkene Ruhe. Ich schwebte über dir und senkte meinen Mund langsam auf deine Wange und suchte wie ein feucht kribbelndes Insekt deine Lippen. Ich fühlte deinen warmen Körper durch den dünnen Stoff des Schlafanzuges, alle Ränder waren blau abgepaspelt, wie ich bemerkte.

Du hattest einen Traum, eine Frau umschlang dich mit Armen und Beinen, sie drückte ihre Scham gegen deine Härte. Du stöhntest, in meinem Schoß war ein süßer Krampf, und ich versuchte, meinen Körper ganz in den deinen zu drängen. Vielleicht waren es die Unruhe, die Bewegung, das Stöhnen – ich sah wie das Bündel an deiner Seite sich aufrichtete, über deine Schulter mit blankem Unverstehen sah – und ich verblasste.

Allein, wieder allein, immer allein, in meinem Schoß dunkelrote Welle, so schlief ich ein.

Am Morgen, als ich erwachte, die Mühsal des Tages musste noch nicht gleich beginnen, kam die Sehnsucht wieder. Unter den Schatten meiner Augenlider flog ich davon.

Du standest vor dem Spiegel und schautest in deine Augen, den Kamm erhoben, um das Verwirrte zu entwirren. Ich schmiegte mich an deinen nackten Rücken, sah das Erschrecken in deinem Gesicht im Spiegel und spürte das Zittern einer fernen Erregung durch deinen Körper laufen.

Sie rief dich – oder eines deiner Kinder – ich musste gehen.

Immer wieder flog mir an diesem Tag ein Geruch

von Männerschweiß, Haarwasser und Zahncreme zu.

Meine Sehnsucht, meine Spannung, mein Begehren waren so schmerzhaft, dass keine Selbstbefriedigung, keine Phantasie sie lösen, beschwichtigen konnte. Ich betrank mich bis zur Bewusstlosigkeit. Am nächsten Tag zersprang mein Kopf in splitternde Ringe. Ich kotzte, schiss. Die Angst vor Wahnsinn, Alkoholismus, Zerstörung warf mich in die tiefsten Verliese der Selbstvorwürfe.

Aber die nächste Nacht kam, ich wachte auf zwischen zwei und drei von einem leisen Rufen, und wir lagen uns in den Armen, atmeten einander ein. Ich saugte dich in mich ein, du warst in mir, die trostlose Leere war gefüllt. Der Geschmack deiner salzigen, schweißnassen Haut auf den Lippen, der Druck deiner Schenkel, deine Lippen auf meiner Brust, meine Finger glitten auf deinem Rücken Wirbel für Wirbel hinunter, der Hunger vieler Jahre wollte sich in einer großen Orgie sättigen. Diesmal störte uns niemand – weil es die stillste Stunde der Nacht war? – oder war unsere Leidenschaft von Stummheit umfangen? Ich schlief ein, ermattet in deinen Armen wie ein Kind im Mutterschoß in der wiegenden Erfülltheit aller Bedürfnisse.

Ich wachte am nächsten Tag auf mit dem strahlendsten Gefühl des Glücks im Sonnengeflecht.

Kein Glück kann böse sein, ist Freude Unrecht, und war nicht alles nur ein Traum, die Erfüllung lang gehegter Phantasie, ein Gang durch viele Räume hatte einmal ein Ziel gefunden?

Aus den Poren meiner Haut kam mir dein Geruch entgegen, die Farben leuchteten, das Grün war grüner, das Rot glühte aus geheimen Tiefen, ich hörte die längst verstummten Zwischentöne. Ich streckte meinen Körper mit der Wohligkeit der Katze und schnurrend überließ ich mich der Schläfrigkeit.

Wie oft habe ich Dich besucht? Ich weiß es nicht. Deine Arme waren immer für mich offen, dein Körper kam mir immer entgegen. Nur langsam kam da eine scharfe Falte in den Gruben deiner Lippen, ein leises, kaum merkliches Erschrecken, wenn ich zu dir kam, aber immer wieder sog ich dich in mich ein. In diesen Wirbel, diesen glühenden Krater, in dieses Zentrum des Vergessens.

Nach und nach merkte ich, dass die Tage zu Zwischenzeiten wurden, sie schlichen im grauen Dämmerlicht dahin. Meine Umgebung meinte, ich sei überarbeitet, und fand Gründe dafür. Ich bezahlte die Lust der Nacht mit der Lustlosigkeit des Tages.

Irgendwann traf ich einen gemeinsamen Bekannten aus der Stadt, in der wir einmal beide aber nie gemeinsam lebten, nicht dass ich diese Begegnung wollte, aber ich ließ geschehen, was geschah. Er schien zu erschrecken, als er mich sah, wie andere auch – ich bin nicht mehr jung und Altern kann ein plötzlicher Prozess sein – und außerdem, was kümmerte es mich. Er sprach von diesem und jenem, was unser Fachgebiet betrifft und über die Arenen unseres Ehrgeizes. Er kam dann – ich weiß nicht wie – auch auf dich zu sprechen, dass man sich Sorgen um dich machte, du wärest ständig gereizt, überarbeitet, wolltest nicht in Urlaub fahren – und so weiter, und so weiter.

Langsam drang diese Information durch den grauen Nebelwall meiner Trägheit. Ich fragte nach deiner Krankheit – nein, es gäbe keine, Erschöpfung könnte man sagen, und – lachend – vielleicht hätte ich die gleiche Krankheit, vielleicht wäre es eine Epidemie oder eine noch nicht benannte Krankheit.

Ich sank zurück in meine Einsamkeit und weiß nicht, wann und wie er ging. Aber diese Nachricht über dich aus der realen Welt, die mir so irreal geworden war, hatte unter Asche den letzten Funken aufgespürt der Neugier nach der Empirie.

Ich werde zu dir fahren, nicht auf den schnellen Flügeln der Gefühle, der Gedanken, sondern mit der ganzen Schwerfälligkeit der Materie, die mir so überflüssig geworden ist. Mein Herz scheint sich zusammen zu pressen bei der Vorstellung, dich direkt, konkret, materiell zu sehen. Wenn wir uns gegenüberstehen, werden wir dann noch an Illusionen glauben können? Das Unglaubliche müssen wir als unsere reale Erfahrung annehmen, werden wir danach noch im Körper leben können?

Mein Geliebter, ich glaube, wir werden sterben, werden wir uns jemals auf dieser Erde begegnen oder hat uns meine ungeduldige Begierde für Zeiten und Zeiten getrennt?

Ik bin din un du bis min

Eine große Liebe

Du bist min, ich bin din
Des solt du gewis sin
Du bist beslozzen
In minem herzen
Verlorn ist daz slüzzelin
Du muost immer drinne sin

Sie sieht rote Lappen, rote Schläuche, feines rotes
Geästel. Schleimig, feucht, rot. Sie schließt die Augen.
Hin und her im pochenden Rhythmus.
Dies ist die Geschichte des Mannes. Er ist groß, 179,5
am Morgen, 179 am Abend. Er hat eine Geschwulst.
Sie beginnt unter dem Kehlkopf und endet über dem
Penis. Sie zittert rhythmisch. Manchmal verschwindet
der Mann aus der Gesellschaft. Er geht an einen stillen
Ort. Er zieht den Reißverschluss auf vom Kehlkopf bis
kurz über dem Penis. Wenn er zurückkommt, fragen
die anderen:
„Was wollte sie denn wieder?"
Der Mann seufzt und schwelgt.
Die Frau sieht niemand.

Die Würgerin von O.

Der vergebliche Versuch einer
Universitätsangehörigen, mit magischen
Manipulationen die Universität zu zerstören.

„Die 48. Fakultätskonferenz ist eröffnet."
Der Dekan schlug die Vorlagemappe auf. Nichts
unterschied diese Sitzung von der 47., 46., 45., 44., ...
und allen denen, die folgen sollten. Auf den grauen
Gängen hatte jemand gesprayt:
„Erhebt die Langeweile der Seminare zur Kunstform."
Hier im Raume schien niemand künstlerische
Ambitionen zu verspüren.
Die Professoren waren wie immer unvollständig
versammelt.
Herr A. unterzog sich einer Zahnbehandlung in Berlin,
Frau B. mied diesen linkslastigen Debattierclub schon
lange aus grundsätzlichen und aus Altersgründen.
Herr C. hatte eine Besprechung im Wissenschafts-
ministerium.
Die anwesenden HochschullehrerInnen waren dafür
aber überwiegend abwesend.
Herr D. sah seine Post durch und unterschrieb diverse
Schriftsachen,
Herr E. warf kleine Portraits der Runde aufs Papier,
Herr F. und Herr G. dachten über die Strategien zur

Stärkung ihrer Arbeitsgruppen nach,

Frau H. versuchte mit preußischem Pflichtgefühl ihre Aufmerksamkeit jedem Tagesordnungspunkt zuzuwenden, jedoch sanken ihre Augenlider tiefer und tiefer.

Die Studierenden waren sowieso nur wegen Top 8 da und wegen der hochschulinternen Demokratie.

Herr J., einer der Vertreter des Mittelbaus, dachte an den Klassenkampf und wie er diesen nutzbringend für seine Karriere einsetzen könnte.

Und zwischen all diesen Charakterköpfen, diesen Blüten der Intelligenz, saß die Würgerin.

Nichts war besonders auffallend an ihr, aber gerade das fiel auf. Sie war der Typ, der immer wieder von biederen Hausfrauen angesprochen wurde in der Nachbarschaft oder in Barcelona:

„Kennen wir uns nicht?"

Sie kannte diese biederen Frauen nicht und konnte nur schwer akzeptieren, dass sie ihnen so sehr glich, dass eine nähere Bekanntschaft erwartet wurde. Sie saß im Hintergrund der illustren Versammlung und malte Kreise, Spiralen, Schnecken, runde Linien, die sich in einander schlangen, die umkreisten, die einfingen, umstellten und wie unbeabsichtigt kamen Punkt, Punkt, Komma, Strich in die Kreise und Ovale, einfachste Gesichter in die wirren Liniengeflechte. Wurde hier eine Idee geboren, oder war es nur der mehr zufällige Zusammenschluss von Ei und Same, oder war es nur Flüchtiges, was auf das Papier gebannt wurde? Sie sah die Kolleginnen und Kollegen als zweidimensionale Pappfiguren mit aufgerissenen Mäulern, aus denen Popcorn quoll oder in deren dunkle Höhlungen schwarze harte Gummibälle zu werfen sind, Schattenfiguren in einem Papiertheater.

Zu Hause begann sie das Ritual, sie schlachtete keinen schwarzen Hahn, noch steckte sie Stopfnadeln in Stofffigürchen. Sie nahm kein Arsen oder streute Rattengift auf die Flure. Sie sammelte nur die unsichtbaren Miasmen des Ehrgeizes, der Konkurrenz, des kleinlichen Neides, die wie unsichtbare graue Flocken über die Boden der Flure trieben. Sie griff in die ausgezehrte Luft, aus der Leben, Farben, Gerüche hinweg destilliert waren. Es gab nur noch sinnentleerten Intellekt, unfähig zur Zeugung, in sich selber kreisend. Dies war das Substrat für die anzusetzende Kultur.

Das ganze Problem war, etwas zu finden, was dies Halbtote so beweglich machte, dass die Viren wachsen konnten, um sich nicht nur in die Organismen einzunisten, sondern um zerstörend um sich zu greifen. Sie lief durch die Räume, prüfte die Kunststoffnoppen unter ihren Füßen, die zerblätternde Kälte der Metallleisten, die bröckelnde Starrheit der Betonwände, sie roch an den ewig grünen Blattgewächsen in den Sekretariaten, die Plastikblumen imitierten, sie atmete die ‚Stops' und ‚Gos' der Computer ein, totes Licht warf tote Impulse.

Aus dieser Melange konnte das Verrückte entstehen. Aus den Druckern krochen weiße Wellenschlangen, verstopften mit Papier und Zeichen die Flure, es stürzten die Computer ab, kurz vor der letzten Berechnung des ultimativen Beweises der Banalität der Forschungsfrage.

Die Blattpflanzen wandten ihre Blätter von den hermetisch verglasten Fenstern ab und fingen an, auf die Schreibtische zuzuranken. Die Sekretärinnen schnitten die geilen Triebe ab und drehten die Töpfe. Der junge Herr K. stolperte mehrmals auf den Fluren, als ob sich dort in Bodennähe unsichtbare Drähte spannten, und einmal stieß er sogar Kopf an Kopf mit dem gleichfalls jungen, gleichfalls wenig Erfolg versprechenden Herrn L. zusammen, sie trugen Beulen an der Stirn und blutige Nasen davon. Sie spielten aber weiterhin miteinander Tennis und redeten in der jeweiligen Abwesenheit des Anderen herabsetzend von den Forschungsfähigkeiten des Sportskollegen.

Herr Professor C., bekannt für seine Akribie im Kampf mit dem Druckfehler, fing an, dem Duden nicht adäquate Korrekturen zu unterstellen und die Anarchie in die Rechtschreibung einzuführen. Sicher all dies geschah, aber Zufälle fallen zu wie Türen ins Schloss und Glück in den Schoß.

Doch wenn die Würgerin es greifen wollte, um Netze zu knüpfen, Seile zum Fesseln und zum Hängen, so war alles fort, zerfiel in sich, ihre Hände blieben leer. Die Würgerin streifte weiter durch die Gänge und Hallen, sie löste staubige Streifen aus den Teppichen der Rektoratsetage, knüpfte Seile daraus und legte Fallstricke, in denen sich hin und wieder ein Referent verfing. Sie flocht Girlanden aus den Reden der Prorektoren, schnitt Papierfiguren aus Dienstanweisungen, Einladungen der Universitätsgesellschaft und aus den Ankündigungen von Gastvorträgen. Dies alles hing sie in der Universitätshalle aus, und die großen Papiertransparente mit „Solidarität mit ..." und "Kampf gegen ..." rissen von den Balkongeländern wie Segeln im Sturm, eine gewaltige Schneewehe von Makulatur überzog Raum und Zeit. Sie bannte die Eloquenz der studentischen Äußerungen, all diese „irgendwie's" diese „ich meine", „ich glaube", „bei mir ist das aber anders", sie bannte die verbale Unbestimmtheit mit dem Leim der grauen Trägheit aus ‚Cafete' und Mensa, und die Pappbecher verdoppelten, verdreifachten, vervierfachten ihr Gewicht und rollten klappernd durch die Halle, Phänomene, die kamen, die gingen.

Die Würgerin erfüllte ihre Dienstpflichten wie gewohnt, das heißt in dem universitätsüblichen Desinteresse hielt sie Sprechstunden, Seminare, Prüfungen ab und setzte alle ortsüblichen demotivierenden Ermunterungen ein und fiel wie immer nur dadurch auf, dass sie so gewöhnlich war oder sollen wir gar sagen ordinär? Jedoch gelang es ihr immer noch, das Grau des akademischen Mimikris aufrecht zu erhalten. Aber ihre kleinen Augen huschten, suchten herum und mit unsichtbaren, oder sagen wir richtiger, mit kaum sichtbaren Barthaaren spürte sie nach allen Seiten.

Die Damen der Fakultät verstrickten ihre Wut in Magenbeschwerden und Allergien, mit nervösen Zuckungen überzogen sie ihre Haut, und mit kleinen Gesten des Ordnens verwirrten sie die Manuskriptseiten. Sie stilisierten weibliche Anmut zur perfekten Skelettform oder negierten jede Körperlichkeit durch sackartige Kostüme aus gedecktem Tuch. Die für Männer so irritierende sexuelle Anarchie des Weiblichen an sich wurde so aus der Ebene der Profession selbsttätig verbannt.

Trotz der von Humboldt verordneten Einsamkeit und Freiheit des wissenschaftlichen Lebens gab es immer wieder per Dekansdekret verordnete soziale Zusammenkünfte wie runde Geburtstage, Dienstjubiläen, Verabschiedungen treuer Sekretärinnen. Diese nahm Kollege L. gern zum Anlass. Der joviale Vielredner, den Bauch gebläht von der eigenen Bedeutung, stellte so häufig wie ihm nur irgend möglich war, also bei jedem sich bietenden sozialen Anlass, seine Connections in der internationalen scientific community heraus. Er pries seine Forschungsprojekte als galileische Wendepunkte der Erkenntnis, schweifte bis zu seinen Vorfahren ins 13. Jahrhundert und kam aber über das Leben seiner Großmutter und Mutter wieder zu seiner eigenen Bedeutung, wie er in Spanien, in Polen, in Russland, ... und überhaupt auf der ganzen Welt auf Kongressen, bei staatlichen Stellen, bei Großunternehmen einer gewissen Branche ... und so schlang er Schleife um Schleife, um sein Tun zu verzieren. Die Zuhörer, besonders die mit geringerem Lebensalter, versuchten durch Gemurmel oder durch symbolisch angezeigtes Händeklatschen diesen unbarmherzigen Schlammstrom der Worte zu stoppen, jedoch der Redner war blind und taub für seine Umgebung, er sah nur sein eigenes Licht, das er unter keinen Scheffel stellen wollte, vielmehr als Leuchtturm über die Gesamtlandschaft der Wissenschaft. Er rauschte fort und fort, keine Naturgewalt wie Hurrikane, Lavamassen, Sturmfluten konnten gnadenloser sein, da griff die Würgerin zu, nahm den Unmut, der sich im Raume verdichtete und stieß dies alles dem Redner in den aufgesperrten Mund tief in den Rachen zurück.

„Wie ich schon auf der internationalen Konferenz in Milwaukee ausführte..."

46

Und plötzlich waren nur noch das Gedonner und Geknatter von explosiven Schluckaufs und Fürzen zu hören, der pestalische Mund- und Aftergeruch der giftgelben Eitelkeit erfüllte den Raum. Es wurden die Fenster und Türen geöffnet, alle griffen zu den Sektgläsern und machten sich hastig über die belegten Wurst- und Käsebrötchen her. Es war nichts geschehen, und die Gespräche zerfielen in die Konstruktionen der individuellen Karriereplanungen.

Ein weiteres höchst kommunikatives Treffen waren die in sehr unregelmäßigen Intervallen veranstalteten Ostrachismen, die als Habilitationscolloqien bezeichnet wurden. Der Kandidat, oder die nur als rare Absonderlichkeit aufzufindende Kandidatin, kletterte wie ein Äffchen im Zoo an den gut befestigten doch frei schwingenden Seilen von Namen zu Namen, von theoretischem Konstrukt zur Strukturanalyse, kombinierte Pleonasmen mit Hendiadyoin, war doch seine einzige Überlebenschance durch absolute Unverständlichkeit allen Einwendungen – möglichen und unmöglichen, erwarteten und unerwarteten – begegnen zu können mit der wohl formulierten Phrase: „Wie ich bereits in meinem Vortrag ausführte ..."
Allerdings war dieser Trick trotz seines häufigen Gebrauchs nicht erfolgreich, die Zauberkünstler des wissenschaftlichen Wortes benutzen ihn allesamt selbst und waren dadurch nicht im Geringsten zu

beeindrucken, geschweige denn zu verwirren. Nach dem Vortrag, dessen rhetorische Eleganz variierte zwischen monotonem Vortrag und haspelndem Ablesen, begann die wissenschaftliche Disputation. Wie der Skorpion seinen Stachel ausfährt, so schnellten die Fragen auf das Opfer zu, allerdings in epischer Breite, mit Unterfragen und Querverweisen auf die jeweiligen Forschungsgebiete des Fragers oder der seltenen Fragerin. Da bekanntlich das Bildnis der Weisheit in Sais verschleiert war, weil dem Normalsterblichen ihr unverhüllter Anblick todbringend war, so ist es wohl reine Güte, wenn die Anfragen der HochschullehrerInnen sich durch Wortnebel und Verbalschleier auszeichneten. Das schuldige Opfer hatte die Aufgabe auf jede Wortkaskade ebenso lange und menschenfreundlich im Sinne der Nichtaufdeckung der Erkenntnis zu antworten.

Alle wichtigen Herren und auch Damen der Fakultät, das sind diejenigen, die Erbhöfe der Macht besitzen und immer wieder aufs Neue ihre Territorien verteidigen oder gar um eine halbe studentische Hilfskraft erweitern wollen, alle diese wichtigen Figuren nutzten die Kolloquien zur Darstellung ihrer wissenschaftlichen Prachtgewänder, sie spreizten ihre verbalen Pfauenfedern und ließen die Juwelen ihrer Belesenheit glänzen. Wenn der Kandidat ihr Gefolgsmann ist, so werden seine jungen Kräfte gewürdigt in Vergangenheit, Gegenwart und Zukunft. Etwas weniger freundlich wird der Anhänger einer konkurrierenden Gruppierung behandelt, aber wie bei den Krähen wird auch bei den Paradiesvögeln kein Auge ausgekratzt, nur ein paar Federn werden ausgerissen. Der Ruf ist auf jeden Fall angeschlagen, selbst wenn am Ende mit knapper Mehrheit die Fähigkeit zum wissenschaftlichen Vortrag und zur Diskussion bestätigt wird.

Die Würgerin saß bei diesen Ritualen im Hintergrund, die ganze Hoffnungslosigkeit des Seins, der Erkenntnis erdrückte sie, zusammengepresst unter Zentnern und Zentnern von Beton erschien sie sich selbst wie eine platte Küchenschabe. Küchenschaben können kein Lied unter Paradiesvögeln singen. Aber Küchenschaben haben einen harten Panzer und ihrer sind viele, außerdem sind sie verwandt mit allem anderen widerlichem Ungeziefer, das wir (plurale modestiae) hier auf keinen Fall mit der Oberkategorie praktische Vernunft bezeichnen möchten. Die Würgerin ballte sich unter ihrem Panzer und ließ die gesammelte Energie ihrer Artgenossen explodieren. Es kroch wimmelnd und tausendfach über die Tische, Manuskripte und Notizen, es flog und sirrte durch die Luft, kleiner schwarzer Fliegenscheiß setzte neue Interpunktionen, feine Spinnenbeine krabbelten über weiße Gelehrtenhände, über weiße Gelehrtenhälse in bleiche Gelehrtenmünder. Ohrbeißer setzten sich in die Ohren und Filzläuse in den Filz. Es gab einen kurzen Tumult, man schob das Phänomen auf die Großwetterlage, die Kammerjäger wurden gerufen, ob dieses ungewöhnlichen Insektenbefalls, dann kehrten Ordnung und Ruhe wieder ein.

Die Würgerin besuchte auch die überregionalen Ereignisse, wie es sich gehörte und wie es erwartet wurde, die Tagungen und Kongresse. Sie hatte sich in der infantilen Erwartung eines Besseren der feministischen Wissenschaft zugewandt, aber je mehr aus bewegten Zeiten eine Bewegung, und dann eine Fachrichtung wurde, umso mehr konnte sie die Kolleginnen bewundern. Sie verwandelten sich wie Blumen, die von der Knospe bis zum dekorativen Verfall Variationen des Schönen darstellten allerdings dies in exklusivem Boutiquedesign, mal mehr skandinavisches Leinen, mal mehr in feinstem englischen Kaschmir. Alles dezent, Haarschnitt, Make-up, nur im Schmuck am Hals, Arm und Finger wagte die eine oder andere ein exklusiv extravagantes Stück. Nur die Jüngeren im Puppenstadium zwischen Endstudentin und Beginnwissenschaftlerin kamen noch in der Hülle von Sweatshirt, Jeans und Turnschuhen. Diskutiert wurde so, dass es niemand weh, aber der deutschen Sprache nicht wohl tat. Man tauschte Informationen aus – anderen Ortes würde man so etwas auch als Klatsch bezeichnen.

50

„Wer hat einen Ruf bekommen?"

„Hast du Erfahrung mit der DfG, der Volkswagen-stiftung?

„Was forschst du gerade?"

Vorsicht!! Vorsicht!! Werkspionage! Und was dergleichen mehr ist. Im Ganzen hielt man sich bedeckt, gefiltert durch das Visier der Distanz. Wegen der immer gegenwärtigen Vorsicht kamen die Sätze fast in perfekter Tropfenform.

Freundschaften wie in der ersten Euphorie des Aufbruchs entstanden nicht mehr, die vorhandenen zerbrachen an Rangplätzen auf Berufungslisten und an Publikationsmöglichkeiten. Die Würgerin aber hatte in ihrer plumpen Art noch manchmal die pubertäre Lust an der Kontroverse. Sie war wie ein Schmutzfleck auf dem Aschengrau der Wissenschaft, doch dies wurde höflich übersehen. Höflichkeit ist die Negation dessen, was nicht sein darf.

Die Würgerin saß im Vortragssaal und erwartete Erhellendes zum Thema ‚Weibliche Identität'. Sie glotzte aus ihren runden, kleinen Augen unter den herabhängenden Augenlidern und kroch in das Holzstühlchen. Zwischen Körper und Seele entstand dies eigenartig gelöste Spannungsverhältnis. Die Kollegin dröhnte schon lange vor sich hin, sie hatte sechs Punkte angedroht, langsam quälten sich Inhalt und Sprache von Punkt zwei in Richtung Punkt drei.

Der Unmut steigerte sich von quälender Langeweile bis zum tödlichen Verdruss, da griff die Würgerin zu und umschloss mit blassen Geisterhänden die Kehle der Rednerin. Breiig quoll es weiter und länger aus ihrem Mund.

„Die diffuse Ambiguität der sozialpsychologischen Identität in der historischen Erfahrung ..."

„Das Stereotyp der Habituskonsistenz in der symbolischen Folie der Aneignungsform ..."

„Die Homologie der permanenten Balance zwischen impliziter Dynamik und kollektiver Orientierung ..."

„Die tendenziellen Herrschaftsverhältnisse sind Suchbewegungen, die den ambivalenten Rahmen sprengen ..."

Tote Wortblumen hingen von den Wänden herab, häuften sich auf dem Boden, ihr fahler Gestank setzte sich in jede Pore des rau verputzten Betons. Nicht vertreibbar, doch nur für feine Nasen wahrnehmbar.

Irgendwann löste die Würgerin die bleichen Hände von der Kehle ihres Opfers, ein letzter klebriger Wortpfropfen fiel von den Lippen, dann war die Qual zu Ende. Das Publikum schwieg, feindlich meinten einige, andere waren verstört und zweifelten an ihren mentalen Fähigkeiten. Unverständlichkeit ist grundsätzlich ein Zeichen hoher intellektueller Kompetenz. Nur die Würgerin lächelte still nach Innen.

Die Fragen, die gestellt wurden, entsprachen dem

Vortrag, nur eine Studentin gestand sich ein, aber dies nur in der absoluten Verschwiegenheit ihres Kopfes, dass sie über weibliche Identität weiterhin nichts Genaueres wüsste. Nur die Spiralnebel ihrer Verwirrung hatten sich höher geschraubt. Aber was ist schon eine Studentin? Sie hat noch nicht die Tore des Schreckens überwunden, hat die Schwelle des Tempels noch nicht überschritten und nur wer die Prüfungen überstanden hat, wird ihre Bedeutung nicht mehr in Frage stellen.

Aber es gab auch Zuneigung von Person zu Person, sozusagen affektive Interaktion. Ein Professor von knochigem Körperbau mit stechenden schwarzen Augen, schmalen Lippen über einem kurzen schwarzen Faunsbart fühlte sich angezogen von einer skeletösen Diana, die ihr Gesicht bis zur fast völligen Reduzierung ihres Sichtfeldes mit fallenden Haaren bedeckte. Er signalisierte ihr durch geheime Verschwörungszeichen der Kollegialität seine Aufmerksamkeit, sie aber versteckte sich im Unterholz der Aggressivität. Er schrieb ihr ein Weihnachtskärtchen mit Wünschen für eine gute Zusammenarbeit, und er versuchte sogar die Würgerin zur Übermittlerin seiner Sympathie zu machen. Sie schwieg zu diesem Ansinnen und setzte die Maske der Neutralität auf, doch speicherte sie es für kommende Übeltaten.

Eines Tages sah sie, wie jener reduzierte Faun und jene spitzzüngige Diana von verschiedenen Seiten auf das gleiche Ziel zustrebten, den Fahrstuhl. Die Würgerin sammelte ihre Macht über die Materie und als die Beiden eingeschlossen in der Blechdose waren, hielt sie den Fahrstuhl an, zwischen oben und unten, zwischen Himmel und Hölle, kein Druck auf die Knöpfe konnte einen Impuls auslösen. Und statt der beruhigenden Stimme des Hausmeisters, der eine baldige Aufhebung der Abgeschlossenheit ankündigte, entquollen dem Mikrophon ein Duft von Moschus und leichte Vibrationen, welche die knappe Atemluft unter Spannung setzte. Das Unbewusste, das Tier schlug zu. Diana sah in den haarigen Bocksbeinen den zu erlegenden Hirsch und der Faun die Flüchtende Mänade. Der Fahrstuhl ruckte wieder an und als die Türen sich öffneten, sah die erstaunte Studentenschaft ein ausgelaufenes Leberwürstchen aus dem Hosenschlitz des Professors herausbaumeln und die aufgerissene Bluse der Hochschullehrerin ließ zwei kleine hängende Säckchen sehen.

Die verschiedenen Vorkommnisse erzeugten eine gewisse Irritation, eine unbestimmte Nervosität, immer wieder fuhren sich einige Mitglieder der Fakultät an den Hals, weil sie dort den feinen Eisendraht einer Schlinge fühlten. Die Besuche bei Kehlkopfspezialisten und der psychologischen Beratungsstelle nahmen zu, sie boomten regelrecht.

Die Würgerin aber, je mehr sie Miasmen, die Viren, die sterile Luft, den Stahl und den Beton, je mehr sie die kleinliche Eitelkeit, die Ausdämpfungen der Konkurrenzängste, die Rituale der Balzkämpfe, das Geschrei der akademischen Hähne auf dem Mist einsog, je mehr sie dieses alles in sich hineinzog, um so mehr wuchs in ihrem Magen der grünlich gelbe Brei, er füllte ihren ganzen Leib, der Bauch schwoll und schwoll. Erst schien sie nur ein wenig schwanger, dann hochtragend, dann in der Erwartung von Zwillingen, gebläht wie ein Gasballon, ein Weinschlauch gefüllt mit blubberndem Brei, der Blasen und Blähungen warf, der manchmal ein wenig der heißen Luft nach außen stieß. Bald war ihr ganzes Leben nur noch Transport, Transport dieses unerträglichen und unverträglichen Breies.

Sie wusste, sie musste etwas tun, sie musste auf eine höhere Ebene gehen. Sie ließ ihren Körper liegen, ihr Wesen löste sich und schwebte in jene Höhen, wo sich die Realität in anderen Bildern zeigt. Sie sah einen riesigen gelbbleichen Schädel, fortgenagt, fortgefault jede Faser Fleisch, jedes Fetzchen Haut, jede graue Ganglie, was blieb war hart, sauber, gelbweiß, schwarze Höhlen die Augenlöcher, der Nasenstumpf. In zierlichem Zickzack liefen die Schädellinien. Einzelne Zahnstümpfe im klaffenden Kiefer, das, was bleibt, wenn Jahrhunderte vergehen, abweisend in der Perfektheit des Todes. Sie konnte es betrachten, nichts aber nichts konnte es bewegen. Nur ein großer Gott mit einem großen Brecheisen konnte es zerschmettern, erkrümeln zu weißlichen Splittern. Doch sie war kein großer Gott.

Und dann erbrach sie sich und würgte all den Gestank heraus, all den Unrat, die Pest, den Eiter, das vergiftete Blut, die verfaulte Nahrung, und dieser stinkende Strom quoll durch die Räume, die Plastiknoppen des Fußbodens erigierten wie Tausende von Brustwarzen, welche die Milch der Verdammnis ausspritzten, sie kletterte hoch in den Steigleiter des Sichtbetons, das Stahlgerüst begann zu rosten, ein haarfeines Bröckeln durchzog die Wände.

Nur auf einem Absatz in einem kleinen Vorsprung, in einer winzigen Unregelmäßigkeit, wo ein wenig Erdkrume war, siedelte ein Löwenzahn, ein schüchternes goldenes Glühen, dunkelsaftige Blätter, die sich mutig verzweigten und mit einer Wurzel, die mit feinen Verästelungen eindringt, versuchte es in der unfruchtbaren Materie Halt zu finden und saugte sich das Leben aus Äther, Luft und Regen und dem Spurenelement Erde.

„Die Stahlbewehrung hat zu rosten begonnen", sagte der Architekt, „die Mischung des Betons war nicht korrekt." Als er die Ausbesserungsarbeiten an der Südwand begann mit Gerüsten und Betonspritze, wurde der Riss behoben, der Löwenzahn verschwand unter dem Schutt.

„Die 113. Fakultätskonferenz ist eröffnet",
der Dekan schlägt die Vorlagemappe auf. Es ist nicht mehr die gleiche Person, doch die gleiche Figur, Amt, Würde, Rituale bleiben unzerstörbar.
„Unter dem TOP Mitteilungen möchte ich bekannt geben, dass unsere Kollegin W. ..."
Lassen wir das Ende offen, aber ich schlage folgende Variationen vor:

- in die Psychiatrie eingeliefert wurde
- in ein Kloster mit strenger Schweigeklausur eingetreten ist
- einen Ruf an die Pädagogische Hochschule nach Flensburg erhalten hat.

Lassen wir die Alternativen zur Wahl, sollte sich jedoch die letzte realisiert haben, so wird es nicht lange dauern, dass man in Flensburg in der Nacht dumpfe Trommeln hören wird....

Stadtschreiber in Schongau

oder Apoll in der Provinz

Von den Wogen einer Wanderung wurde ich auf den Marktplatz von Schongau geworfen. An einem dünnen, schlabberigen Eiskaffee nippelnd überfiel mich ein Gedanke, wie es wäre, wenn ich Stadtschreiber in Schongau würde? Nun, dem manchmal gütigen Himmel sei Dank, ich werde es nie werden. Nicht, weil ich den Ansprüchen an die Stadtschreiberei in Schongau nicht genüge, denn die Anforderungen an dieses Amt sind mir nicht bekannt, sondern, weil ich nicht im Stande der Bedürftigkeit für eine solche Auszeichnung bin, und weil ich mal wieder nicht das richtige Geschlecht habe, wer hatte schon einmal von einer Stadtschreiberin gehört? Jedoch was wäre, wenn ich eine solche Position innehätte? Dem Grausen der Phantasie sind keine Grenzen gesetzt, also überlassen wir uns den Abgründen des freien Schweifens der Vorstellung.

Was tut ein Stadtschreiber?

Säße er auf dem weißen Plastikstühlchen auf dem Marktplatz in tiefsinnigen Gedanken vor einem langsam erkaltendem Kaffee? Schreiber trinken keinen schlabberigen Eiskaffee, sondern etwas Schwarzes, dessen Hitze zur Kühle wird, er raucht vornehmlich Schwarzes, Filterloses und denkt, sinniert, registriert.

Was, oh Göttin, was auf jeden Fall die Quintessenz des Tiefsinns ist. Vielleicht die Aufschriften von links nach rechts Apotheke, Sparkasse, Jeanslife, oh Muse, welch ein Abbild unseres Lebens, wäre ich ein Stadtschreiber stelle ich mir eine knallharte realistische Geschichte vor.

Erst kaufe ich zuviel in dem Jeansshop, dann muss ich Geld von der Bank holen, von den Überziehungszinsen bekomme ich Kopfschmerzen ...

O.k., o.k., das ist zu platt. Ich habe die Zeichen an der Wand nicht richtig literarisiert.

„Jean", dachte er. Jean, die prallen Rundungen des Arsches, die Muskeln, die durch den blauen Demin springen, die potente Wölbung zwischen den Beinen. Solche Jeans hat nur Jean. Er ging in den Shop. Er probierte. Die abgestreiften Hosen knäulten sich auf dem Boden. Sein Hintern war schlaff, die Beine blieben dünn, zwischen den Beinen nur etwa Vergrämtes. Die ganz engen konnte er im Bund nicht mehr schließen. Jean war Jean. Wie wäre es, ihn in den Arsch zu ficken? Doch. Er entschloss sich für eine Hose. Schon der Verkäuferin wegen. Er fand nicht genügend Geld. Moment. Die Bank nebenan. Am Schalter ein Mann mit Stahlbrille und fliehenden Haaren. Kein Geld auf dem Konto – wie immer. Das Blut staute sich im Kopf, er brauchte eine Droge ...

Ein weiterer Versuch in der arabischen Lesart: pohsnaey, essakraps, ekehtopa. Doch auch von rechts nach links gelesen, ist der poetische Gewinn gering, aber, aber er hatte schließlich das Symposium für moderne Poesie besucht.

```
        po----------es----------pa
     Ω          §          Ω
                to
```

ODER: JE   SPA   KE
                      KE   HA   JE
                               An   AR   AP
        ESSAKRAPS

Dies ließe sich noch unendlich variieren, aber dies halte ich auf dem Kolloquium für moderne Poesie auch nur auf der Grundlage meines masochistischen Charakters zwanzig Minuten aus.

Ich beginne aufs Neue.

Als Stadtschreiber fühle ich die dringende Verpflichtung, für Kost und Logis etwas Einmaliges über diese Kleinstadt zu produzieren – oder würde mein männliches Alter Ego gar nicht die Last des Anspruchs ein Äquivalent zu bieten spüren?

Also lassen wir das, und ich fühle mich besorgt um seine sozialen Kontakte, was kann er tun? Er besucht den schreibenden Kollegen von den Schongauer Nachrichten, der zwischen dem Besuch des Feuerwehrballes und dem Bericht über die Planung für die neue Umgehungsstraße wenig Zeit für ein

Gespräch mit dem frei schwebenden Dichterling hat.

„Schreiben Sie doch zehn Zeilen über Ihr Leben und Ihr Werk."
Bei diesem Limit kommt er ja noch nicht mal bis zu den ersten Gedichten aus der Kindergartenzeit, vielleicht dürfte er auch in der Sonntagsbeilage in der Großschrift für die alten Augen seine ersten Eindrücke aus der Stadt veröffentlichen.
„Ganz persönlich und aktuell selbstverständlich, allerdings lustig und besinnlich sollte es auch sein."
Außerdem erzählt der Berichterstatter der Stadt, wie er beinahe mal bei der Süddeutschen volontiert hätte, und dass die Provinz gar nicht so provinziell ist:
„Ich könnte Ihnen da einiges erzählen", aber dieses lässt er dann doch lieber bleiben, er muss zur wöchentlichen Audienz beim Stadtrat.

Nach diesem Besuch von 15 ½ Minuten steht unser Stadtschreiber wieder auf der Straße. Ein Besuch beim Leiter der Volkshochschule steht jetzt auf dem Programm. Dieser verdiente Gymnasiallehrer, der immer wieder betont, dass er Germanistik bei Professor Kniesel studiert hat, dessen Spezialgebiet die Sammlung der oberbairischen Mundartlyrik der Romantik war, breitet seine Theorie des Guten, Wahren und Schönen aus, die im vollständigen Einklang mit dem bairischen Lehrplan ist, außerdem verspricht er gönnerhaft, dass unsere Hauptperson, die sich dauernd nervös an seinem imaginären oder realen Bart zupft, dass sie eine Dichterlesung im Rahmen dieser Institution abhalten darf, und da sie ja schon auf Kosten der Kommune lebt, diese auch kostenlos die Werbung für die Veranstaltung übernimmt – großzügig dies. Außerdem würde der Herr Gymnasiallehrer ihm gern einmal einige launige Bemerkungen über den Schulalltag zeigen, die seine unwürdige, laienhafte „ha, ha, ha" Person verfasst hat.

Aber es könnte ja auch eine Dame sein, die den Verein zur Bildung der Bildungsbeflissenen leitet. Dann wäre alles ganz anders. Sie beklagt das geringe Interesse an dem Schöngeistigen vor Ort, der Kurs über die Lyrik von Rilke, den sie regelmäßig anbietet, fällt ebenso regelmäßig wegen Mangel an Anmeldungen aus, dagegen haben die Makrameekurse der Handarbeitslehrerin stets Wartelisten. Und während sie ihr Taschentuch zu einer kleinen festen Wurst verdreht und unseren Kollegen von der hohen Kunst an-schmachtet, redet sie von den erfolgreichen Fran-zösischkursen und der Fahrt nach Paris, wo fast alle in den Louvre gingen, die Mona Lisa sei doch wirklich ein wundervolles Bild, und irgendwie geht es dann mit Mozarts Jupitersymphonie und Beethovens Neunter weiter, alle Kunst bewegt das Herz und bringt den Menschen näher zu Gott.

„Sie können doch auch einen Schreibworkshop anbieten, sicherlich käme das an, wo doch schon in Kempten solche Veranstaltungen ins fünfte Jahr gehen, da könnte man es auch mal ganz progressiv in Schongau wagen."

Bedauerlicherweise hat unser Held plötzlich einen wichtigen Termin und so entgeht er der Einladung zum Tee und der Besichtigung der Dias vom letzten Florenzaufenthalt. Zum Stammtisch der Stadthonorationen wird er nicht gebeten, die Herren wollen ihre Geschäfte aushandeln und dazu brauchen sie keinen, der mit den Füßen in der Luft spaziert und den Kopf sicherlich voll unrealistischer Flausen hat, die sicherlich links sind. Also der Herr Bürgermeister und seine Getreuen der staatstragenden Partei sind sicherlich für die Kultur, hätten sie sonst unserem Mann je die leer stehende Wohnung und das bescheidene Salär bewilligt? Sicherlich, Kultur ist gut, schließlich besteht die Siedlung schon seit den Römern und Ludwig der Bayer ist auch mal durchgezogen. Also Kultur war schon immer, sogar heute in den schwierigen Zeiten, aber nun geht es um die neue Umleitungsstraße und um den Industriebetrieb, der wirklich der Umwelt nicht schadet, wie diese Wirrköpfe behaupten, die keine Ahnung vom notwendigen Wachstum der Gemeinde haben.

Die Kleinstadtpolitik sinkt wieder in ihre altbekannte Ruhe der gewohnten Anfeindungen zurück.

63

Und unser Stadtschreiber steht vor dem Tor.

Sollte ich doch das Ganze mal auf weiblich versuchen?

Der Stadtrat würde sich auf seine fetten Bäuche klopfen und unter vielem Schmunzeln und lautem Gelächter sich Progressivität attestieren, von Emanzipation posaunen und noch schneller zur Tagesordnung übergehen.

Die Vorsteherin der Vhs würde mich nicht anschmachten, sondern auf die Druckfehler in meinem Essay über die Heimatideologie in den deutschen Fernsehserien hinweisen und dies als bedenkliches Beispiel der Verwahrlosung deutschen Schrifttums ansehen, obwohl: „Meine Liebe, wir machen alle Fehler, und ich habe mich wirklich für Sie eingesetzt, wir Frauen müssen doch zusammenhalten, auch wenn ich nicht ganz Ihrer Meinung bin."

Der Gymnasiallehrer würde sich noch länger bei seinen Studienerinnerungen aufhalten und etwas „von kleine Frau, nun lassen Sie es sich hier mal gut gehen" sagen.

Und um eine Schreibwerkstatt käme ich nicht herum, ältere Damen mit steifen Dauerkrausen würden reizende Texte über Vögelchen und Blümchen im Frühlingswind und Schneegestöber vor meinen gemarterten Ohren spazieren führen.

Nein, nein, Stadtschreiberinnen gibt es nicht! Oh, ihr Musen, ich danke euch für diese geschlechtssolidarische Unterstützung!

Aber ja, wir haben uns ja auf einen männlichen Protagonisten geeinigt, wir, das sind ich und mein Computer, der zwar oft anderer Meinung ist als ich, wenn es um irgendwelche eigenartigen Befehle geht, die ich gar nicht vorgesehen hatte, aber in diesem Fall widerspricht er nicht.

Soll Apoll nun gar kein Vergnügen an seinem Amt haben?

Entkrochen war er den dunklen Höhlen seiner städtischen Behausung, einer Dreizimmerwohnung mit Blick auf einen dunklen Hinterhof in Haidhausen (wahlweise Glockenbachviertel, Neuhausen, Schwabing). Ein Baum ihm unbekannter Gattung streckt sich in einen düsteren Himmel, auf seinen Blättern sedimentierte der Dreck der Großstadt. Nicht Nachtigallen sangen, sondern Tauben schissen. Die Küche hatte Nester von Bierdosen, Knäuel von Plastiksäcken, Wälder von Weinflaschen. Im Ausguss schwammen Reste von chinesischen Nudeln, Pizzastücke und vermatschte Brotstücken. Ein Weinglas, dessen Rand sich durch den wiederholten Gebrauch bereits rot gefärbt hatte, ein Bierglas mit einem schalen Rest und ein verkrustetes Messer bewiesen, dass auch ein Apoll essen und trinken muss. Das Wohnzimmer war fast leer, ein alter Klappstuhl, ein noch älterer Fernseher und einige Bücherstapel auf dem Boden. Im Schlafzimmer gab es nichts als eine Matratze mit zerwühltem Bettzeug auf dem Boden und einem Haufen Hosen, TShirts und verlatschten Schuhen. Dagegen war sein Arbeitszimmer gefüllt, in dem Stahlrohrregal standen und lagen die Bücher, die sich bis auf den Fußboden vermehrt hatten. Und sie, wie die zahlreichen Blätter, die mit Schriftzügen bedeckt waren, bildeten den Morast, hin und wieder blinkte noch mal der braune Holzboden hervor, wie ein Tümpel. Auf dem Schreibtisch wucherten auch die Blätter, die manchmal zu Boden fielen und dort den Humus bildeten. Der Computer war ein etwas altertümliches Gerät, schon drei Jahre alt, also bereits ein Museumsstück.

An all diesem war natürlich Julia schuld. Sie hatten sich beim Germanistikstudium kennen gelernt. Und als er sein erstes Gedicht in einer Literaturzeitschrift (Auflagenhöhe 82) veröffentlicht hatte, widmete er sich nur noch dem Schreiben. Julia machte das Staatsexamen, und sie heirateten, damit sie eine Anstellung in München bekam. Am Anfang ging alles ganz gut, sie richtete die Wohnung ein, manchmal kochte er sogar. Sie korrigierte ihre Aufsätze in der Küche, so dass das Wohnzimmer unberührt vom Schulmief blieb. Er veröffentlichte ein paar kleine Geschichten in einem noch kleineren Verlag, der leider bald pleite ging. Aber die Kritik hatte ihn gelobt, allerdings nur in jener elitären Literaturzeitschrift, und geschrieben, dass seine Texte alle literarischen

Formen sprengten und dass sie die Wegzeichen aus der Postmoderne seien. Julia hatte sie gelesen und geschwiegen, dann hatte sie gesagt, sie verstünde sie nicht. Da hatten sie einen gewaltigen Krach. „Du bist ja schon völlig verblödet", hatte er geschrieen, „du kannst ja nur noch Schulaufsätze verstehen! Du kotzt mich an mit deiner Kleinkariertheit!"

Sie war beleidigt gewesen und hatte nicht mehr mit ihm geredet, im Bett war sie auch immer nur müde, hatte Kopfschmerzen oder ihre Tage. Und dann war er mal eines Nachts nicht nach Hause gekommen. Es war nichts Bedeutendes, halt ein one-night-stand, eine Kollegin, sie hatten `ne Menge getrunken und er war dann mit ihr gegangen. Julia benahm sich unsäglich, sie beschimpfte ihn als ein faules Aas, das von ihrem Geld lebte und sie dann auch noch nach Strich und Faden betrog. Plötzlich war sie ganz die kleinbürgerliche Ehefrau, die ein alleiniges Besitzrecht auf den Ehemann einfordert. Sie hatten sich noch ein paar Wochen gestritten und sich aggressiv angeschwiegen. Sie hatte sich eine neue Wohnung gesucht und alles mitgenommen, weil sie meinte, ihr gehöre alles, weil es von ihrem Geld angeschafft war. Aber ihm war das egal, er brauchte ja nicht viel. Außerdem gab es noch das Baaders Café und das Babalu, da traf er sich mit seinen Leuten, alle in schwarzen Lederjacken, schwarzen Hosen und Hemden, ihre bleichen Gesichter mit den spätpubertären Aknepickeln wurden kalt von den Halogenstrahlern ausgeleuchtet, sie lehnten an der kahlen Theke, er trank seine Biere, grunzte mit dem Nachbarn, und sie zeigten sich gegenseitig die Ausdrucke der neuesten Schöpfungen. Manchmal zeigt auch einer einen Vertrag mit einem Verlag, was aber natürlich immer Verlage waren, bei denen man selber nie – zum Verrecken – veröffentlichen würde. Und dann gab es noch die vertrauten Sport-schauhappenings der Gleichgesinnten, der Bayern-fans. Sie trafen sich in irgendeiner der Wohnungen, fläzten sich auf der durchgesessenen Couch, streckten ihre schwarzen Beinlinge über die ausgetretenen Teppiche und bohrten mit ihren verlatschten Turnschuhen Löcher in das Gewebe, verkrümelten Chips und umklammerten die Bierdosen, bis sie interessante plastische Dellungen einer Nach-Lichtensteinschen-Ära hatten. Sie schrieen die richtigen Vokabeln, kloppten sich auf die Schultern und auf den Boden, sie schwammen in einer Suppe von proletarischer Männlichkeit. Ja, das war Leben!

Als die Bank ihm keinen weiteren Überziehungskredit einräumen wollte, sondern sogar darauf bestand, dass er sein Konto auffüllte, hatte ihm ein Freund die Stadtschreiberei vermittelt. Es war selbstverständlich nicht der ökonomische Zwang, der ihn dazu trieb, dies Angebot anzunehmen, sondern die Möglichkeit in der

Abgeschiedenheit endlich das Werk zu schreiben, das noch weitere Formen sprengen würde.

So war er nach Schongau gekommen – und ich mache mir Sorgen, wie schon gesagt, um seine soziale Einbindung.

Wollen wir ihm doch einige vergnügliche Perversitäten auch in Schongau zuführen, schließlich bekannter Maßen braucht das männliche Genie verderbliche Reize, um die ganze Tiefe des Seins zu durchloten. Was hat Schongau dazu schon im Angebot?

Die Dame von der Vhs hatte für ihn eine Lesung arrangiert.

„Sie müssen sich nicht wundern", hatte sie gesagt, „wenn die alte Dame, die immer auf dem zweiten Platz links in der zweiten Reihe sitzt, nach zehn Minuten den Raum verlässt. Sie ist inkontinent. Aber eine treue Seele, sie kommt zu jeder literarischen Veranstaltung."

Er hatte seinen schwarzen ausgeleierten Baumwollrolli angezogen und die schwarzen Jeans, die ein dekorativ ausgefranstes Loch am linken Knie hatten, und war mit einigen etwas angeknüllten Blättern in den Raum gekommen, in dem ein paar Stuhlreihen sich ausstreuten unter einem fahlen gelben Licht. Auf dem kleinen Podium stand ein Tisch, dessen Statik durch einen zusammengefalteten Bierdeckel verbessert war, ein Glas Wasser fing schwache Lichtstrahlen auf, und ein hölzerner Stuhl, Marke Küchenmöbel, streckte seine vier Beine auf den Boden. Im Raum saßen verstreut fünf Leute, ganz hinten ein alter Mann, der gleich schrie: „Reden Sie lauter, Sie sind ja gar nicht zu verstehen!"

Die Vorsteherin der Vhs. redete ausführlich über kommende Veranstaltungen und machte zahlreiche verbale Kotaus vor dem Stadtrat, der sich mit dieser Stadtschreiberei als wahre Medicis der Kunstförderung geoutet hatte, und führte ihn noch kurz als ein besonderes Exemplar der zeitgenössischen Literatur ein. Dann durfte er beginnen, seine Papiere waren etwas durcheinander geraten, aber das merkte nur er. Die alte Dame verließ, wie angekündigt, den Raum und scharrte heftig mit dem Stuhl. Der alte Herr hielt die Hand am Ohr, aber dann ließ er es, und sein Kopf sank tiefer und tiefer. Eine Dame klappte immer wieder die Handtasche auf und inspizierte den Inhalt. Unser Apoll merkte dies aber alles bald nicht mehr, denn er war auf dem Parnass seiner Worte. Nach einer dreiviertel Stunde sagte die Leiterin:

„Das war alles sehr interessant, wir werden darüber intensiv nachdenken", und fügte mit einem kleinen gicksenden Lachen hinzu, „wir müssen das erstmal verdauen".

Er hätte ohne weiteres noch eine Stunde weiter lesen können und versuchte es. Aber der leere Saal wurde ganz leer.

Er wurde dann noch auf ein Glas Wein eingeladen, das

bestrumpfte Bein der Hüterin der Vhs. berührte seine Hosen rein zufällig, versteht sich. Er versteckte seine Beine unter dem Stuhl und murmelte etwas von großer Müdigkeit nach solchen Lesungen. Sie lud ihn ein, in ihren Deutschleistungskurs zu kommen.

„Für die jungen Menschen ist das ja sehr wichtig, mal mit einem richtigen Dichter zu reden."

Er begleitete sie zu ihrer Haustür, lehnte aber einen Schlummertrunk ab und fand nach einigem Herumirren noch eine offene Kneipe für Fernfahrer: Er ließ sich langsam voll laufen, die Kumpels schauten ihn von der Seite an und warfen ihm in einem unverständlichen Idiom Worte an den Kopf, aber da er in Castrop Rauxel seine ersten Sprachlektionen erhalten hatte, verstand er sie nicht. Und als sie sein edles Hochdeutsch hörten, wandten sie sich wieder ihren Bieren und ihren Gesprächen zu. Irgendwie fand er durch den totenstillen Ort, in dem sogar die Straßenbeleuchtung eingeschlafen war, den Weg zurück zu seiner Wohnung. Er streifte noch gerade die Schuhe ab und sank in sein zerwühltes Bett.

Dann kam der Tag, an dem er in aller Herrgottsfrühe, also um neun Uhr aufstehen musste, um sich für den Schulbesuch fertig zu machen. Er zog die engen Jeans an, behielt seinen Dreitagebart, selbst das rote Furunkel, das sich immer wieder auf seinem linken Nasenflügel bildete, war kaum sichtbar. Als er sich im

Spiegel inspizierte, murmelte er:

„Das Wichtigste sind die Worte."

Er trat hinter der Studienrätin in die Klasse und wäre beinahe über ein lang ausgestrecktes Bein gefallen. Im Stolpern sah er das glänzende Schwarz einer Motorradkluft und hoch geschnürte Lederstiefel. Als er hochsah, grinste ihn breit ein blonder Lockenkopf an: „Wohl noch nicht ganz fest auf den Beinen, was?"

Er ignorierte diese Bemerkung und ging etwas schlenkernd weiter. Er hörte, wie jemand aus den hinteren Reihen vernehmlich stöhnte.

„Ach Scheiße, schon wieder Literatur."

„Nun, seid mal ruhig Kinder", sagte die Lehrerin, „dies ist Eberhard Heinrich, unser Stadtschreiber. Er wird euch was aus seinem Werk vorlesen und dann könnt ihr ihn befragen."

„Was verdient man dann so als Dichter?", kam es gleich von dem Motorradfuzzi, der seine langen Beine wieder in die Gegend streckte und dessen breite Schultern sich auf der Stuhllehne lümmelten. In das glatte Gesicht fielen in gekonnter Unordnung blonde Locken. Die anderen lachten.

„Nun, seid mal ruhig! Hört euch doch erstmal an, was Herr Heinrich geschrieben hat."

Er schaute in die Runde und sah die Mädchen, Brüste, überall Brüste, unter engen Bodies streckten sie sich ihm entgegen, feuchte rote Lippen, junge weiche Haut.

Kurz blitzte in ihm der Gedanke auf: „Hätte ich nicht doch Lehrer werden sollen ..."

Eine saß vorne mit langem blonden Haar, er sah ihre Brustwarzen durch den Body drücken, unter dem Schultisch sah er lange schlanke nackte Beine, wenn sie einen Rock anhatte, musste er kaum bis zu den Oberschenkeln reichen. Ihm war, als wenn er ein Unterhöschen blitzen sah. Sie hatte seine Blicke gleich bemerkt und senkte ihre verlängerten Wimpern, um ihn dann von unten mit einem Lächeln anzublicken und ihre Brüste noch ein wenig mehr herauszudrücken. Er schaute schnell weg. In der dritten Reihe war eine mit rot und grün gefärbten Haaren, mit schwarzen Balken über den Augen und Ringen in Nase und Ohr, sie lackierte sich gerade die Fingernägel schwarz und war zu beschäftigt, um ihn wahr zu nehmen.

„Also fangen wir an."

Er hatte einige seiner Klangeskapaden mitgebracht. Die Blonde in der ersten Reihe rutschte etwas tiefer auf ihrem Stuhl und öffnete die Beine, er sah tatsächlichen ein glänzendes Nichts von Unterwäsche. Er merkte, dass er eine Erektion bekam. Wie immer war ihm dies sehr peinlich, aber er hoffte, dass die Tischkante ihn bedeckte. In der letzten Reihe zogen drei Burschen ihre Skatkarten heraus und begannen zu spielen. Nach dem zweiten Gedicht sagte die Punkerin und schaute dabei bewundernd auf ihre Fingernägel: „Echt geil das. Ich verstehe gar nichts."

Ihm stieß sauer die Erinnerung an Julia auf. Kein Wunder, wenn die Deutschlehrerinnen so sind, was soll man dann von den Schülern erwarten. Sein eigener Deutschunterricht war zwar auch öd gewesen, erst waren es Annette Droste von Hülshof und Carossa gewesen, dann hatten sie so einen Lehrer mit langen Haaren gehabt, der hatte dann Brecht, Böll und solche toten Gestalten gemacht, also die Opis von den Opis, aber so was war er wirklich nicht. Aber schließlich war er ja in der Provinz bei den Philistern und den Banausen, Worte, die er normaler Weise aus seinem Wortschatz verbannt hatte.

Der Lärmpegel stieg, die Lehrerin mahnte alle eineinhalb Minuten zur Ruhe, was aber ohne Erfolg blieb. Die Blonde hatte ihre Beine längst wieder übereinander geschlagen und diskutierte mit ihrer Nachbarin die Frage, ob man anschließend zu Mac Donalds oder zum Italiener gehen sollte.

„Also Kinder," sagte die Lehrerin, „jetzt könnt ihr Fragen stellen."

Es kam nichts, bis auf eine Mausgraue, dunkelblaues Sweatshirt über Jeans, eine dunkle Hornbrille, zwei braune Zöpfe, steif rechts und links geflochten, sie erinnerte ihn an irgendwen ... die sich brav meldete.

„Das ist unsere Erika", sagte die Lehrerin, „die beste im Deutschleistungskurs, nun, Erika, was möchten Sie wissen?"

Erika stellte die Frage nach der Struktur seiner Texte,

74

der Generierung der Laute, der Verschiebungen des Sinns. In der Klasse wurde vernehmlich aufgestöhnt, „Streberin" wurde gezischt. Er war so dankbar, dass sich überhaupt jemand für ihn interessierte, dass er ihr sogar antwortete, obwohl ihm solche Fragen immer als höchst überflüssig erschienen.

Weitere Fragen kamen nicht, die Schüler und Schülerinnen waren sowieso genügend mit ihren Aktivitäten beschäftigt. Die Lehrerin gab Anweisungen für die nächste Stunde und irgendwann ertönten die harmonischen Glockenschläge des Pausengongs. Die Lehrerin verabschiedete sich kurz und rauschte ins Lehrerzimmer. Er sah noch, wie sich die Blondine auf das Motorrad schwang, der Rock rutschte fast bis zur Taille, sie klammerte sich an den Motorradfuzzi, und sie rauschten davon. Er bemerkte, dass die Erika am Eingang zögerte, als wenn sie noch etwas von ihm wollte, aber er drehte sich barsch um und ging in die andere Richtung. Im Gasthaus bestellte er sich eine Schweinshaxe und ein Bier und dachte: „So geht das nicht weiter."

Zum Glück ist Schongau nicht weit von München entfernt, und so besuchte er seine Kumpels, da er keine Wohnung mehr hatte, schlief er mal bei dem und mal bei jenem auf der Couch. Er hatte am Anfang unterschreiben müssen, dass er ständig in Schongau residierte und nur nach Abmeldung sich entfernen durfte.

„Das ist ja wie im Knast", hatte er gedacht, und jetzt versuchte er zu fliehen. Eine Zeitlang merkte es niemand, dass er nicht da war, aber dann wurde er erst heftig ermahnt und schließlich wurde ihm die Unterstützung gekündigt, sogar Regress wurde ihm angedroht. Sein Anwalt schlug ihm vor, Julia bei der Scheidung auf Unterhalt zu verklagen, da er ihr ja eine gewisse Zeit den Haushalt geführt habe, schließlich haben wir ja die Gleichberechtigung auch für die Männer. Julia hatte ob dieser Forderung erst fassungslos geschaut, dann war sie in Gelächter ausgebrochen. „Der und ein Hausmann!"
Aber der Anwalt sah gute Chancen für diese Form des Lebensunterhalts.
Was aus diesem Apoll geworden ist, weiß ich nicht, wen, wann und wo die Musen küssen, ist eines der Weltgeheimnisse, die noch der Enthüllung harren, hoffen wir auf die rasanten Fortschritte der Genetik!

Die inspirierende Droge', Sie erinnern sich, dieser dünne schlabbrige Eiskaffee, ist längst durch die Röhren meines Körpers in die unterirdischen Kanäle gelaufen, dann wieder aufbereitet auf die Rieselfelder gelangt, hat zwar dann nicht die Kaffeeplantagen Südamerikas erreicht, aber das Gras zum Sprießen angeregt, dieses wurde von den Kühen in sich hineingezogen und sie schieden dann wieder ein Produkt aus, das dann zur Grundlage von Schlagsahne und Eis dient. So mag ich schon mehrmals im Kreislauf der Natur aktiv gewesen sein, Dank sei dem Gesetz von der Erhaltung der Energie, die ich jetzt noch einmal gebrauche.

Wenn ich also doch Stadtschreiberin geworden wäre, was dann? Schließlich ist doch heute alles möglich, diese Frauenbewegung überrollt ja alle Tradition, Sitte und insbesondere die Männer, denen jede Chance, Karriere zu machen, genommen ist.

Aber ich weiß nicht, wäre ich überhaupt nach Schongau gegangen, wäre ich drei Tage oder vierzehn geblieben? Aber ich bin ja auch keine richtige ernsthafte Schriftstellerin, mir mangelt es schlichtweg an Unverständlichkeit.

Aber nehmen wir man an, eine wahre Minerva, eine von diesen haarverhangenen, großäugigen mit dem bleichen Teint der Nachtschattengewächse ... ja, sie wäre geblieben. Sie wäre am Lech spazieren gegangen, sie hätte mit den Füßen das welke Laub zum Hüpfen gebracht, sie hätte den Flug der Flussmöwen als kryptische Zeichen gelesen, und geschrieben, und geschrieben über die zerquälte Seelenlage in Kindheit, Jugend und Spätadoleszenz. Da wäre dann ein Werk entstanden, über das der Papst und seine Kardinäle – unter die sich schon manchmal eine Frau einschleicht, diese Feministinnen haben wirklich die naturgegebene Geschlechter-hierarchie zermalmt – also der Papst und seine

Kardinäle der deutschsprachigen Literaturkritik hätten dazu gesagt ...

Also ich kann das selbst mit angestrengtestem Bemühen nicht formulieren, was diesen Personen so flüssig und spontan von der Lippe fällt. Aber schließlich war ich ja nie Stadtschreiberin in Schongau.

Nach zwanzig Jahren

Gibt es einen neuen Anfang?

Sie stieg zögernd die letzen rauen Betonstufen hinab. Sie war nie gern hinuntergegangen, nur wenn es unbedingt nötig war, weil sie alte Kartons aufheben wollte, einen Koffer abstellen musste oder einen Sack mit alten Kleidern deponierte. Sie holte den Schlüssel hervor, ein massives Schloss hing vor der Lattentür. Es war ein Verschlag unter vielen, von denen jeder Mieter einen zur Verfügung hatte. Ihre Hand zitterte ein wenig, als sie das Schlüsselloch suchte. Sollte sie es wirklich tun? Alles noch einmal aufrühren, aber er hatte gesagt:
„Sie können dort weitermachen, wo Sie aufgehört haben."
Sie räumte den blauen Sack weg, schob die Kartons, den Koffer beiseite und stand dann vor dem Regal. Auf dem Bord standen zwei große braune Kartons, der Staub hatte sie mit einer grauen Schicht überzogen, sie hob den Deckel des linken Kartons auf, ganz zu oberst lag das Violinkonzert von Tschaikowsky. Ihre Kehle war ganz eng, und ein Schluchzen wollte sich durchdrängen. Wie oft war es ihr in den letzten Jahren wieder im Ohr, im Kopf gewesen, Schmerz und Verzweiflung. Sie hatte es geübt vier, fünf Stunden am Tag, immer wieder die Griffübungen gemacht.

Sie wollte es spielen bei der Aufnahmeprüfung zum Konservatorium, und dann war der Schmerz gekommen, erst dies kleine Kribbeln in den Fingern, dann der ausstrahlende Schmerz den ganzen Arm entlang bis zur Schulter. Sie hatte versucht, weiter zu spielen, aber als jeder Griff zur Qual wurde, war sie zum Arzt gegangen. Der hatte sie gründlich untersucht und gesagt:

„Da kann man nichts machen. Das ist endgültig."

Sie war wie gelähmt gewesen, ihr Arm war wie amputiert. Sie war ein Krüppel geworden, nichts mehr konnte sie tun.

Sie hatte alles weggepackt, all die Schallplatten mit den Violinkonzerten von Brahms, von Mendelssohn, Beethoven, Bruch. Ganz zu unters lagen die Platten, auf denen der Violinpart ausgespart war, mit denen hatte sie mit den großen Orchestern der Welt geübt. Alle diese Platten hatte sie hier versteckt, sie wollte nie mehr klassische Musik hören, sie hatte dazu das Recht verloren. Oben in ihrer Wohnung stand zwar immer noch der alte Plattenspieler, sie hatte sich aber in den vergangenen Jahren einen CD Spieler gekauft, aber sie hörte nur noch Jazz und Popmusik, alles was ohne Violinen war, in ihrem Leben durfte es keine Geige mehr geben.

In dem rechten Karton lagen die Noten, sie waren angegilbt und die Ecken rollten sich nach oben. Sie legte den Deckel wieder auf den Karton.

Und dann musste sie sich daran wagen, auf dem Bord darüber lag sie eingehüllt in viele Decken, zögernd und behutsam nahm sie Hülle um Hülle fort, graue Motten flogen auf und ein paar Silberfischchen liefen davon. Da lag er, der schwarze Kasten, auf der rauen Oberfläche hatte sich auch der Staub niedergelassen.

„Er ist wie ein Kindersarg", dachte sie. „Das Grab all meiner Hoffnung, all meiner Lebenserwartung."

Sie hatte ja weiterleben müssen. Leben? Existieren, weitermachen.

Sie hatte mal so nebenbei, so zur Ablenkung während des Studiums einen Kriminalroman geschrieben. Einem Verlag hatte er gefallen und sie aufgefordert, mehr zu liefern, und so schrieb sie eben manchmal Kriminalromane und lektorierte, was andere schrieben, achtete auf die Grammatik, tauschte schiefe Bilder aus, fahndete nach Druckfehlern, irgend etwas musste sie ja tun , von irgend etwas musste sie ja leben. Auch wenn ihr Herz ein totes Organ war, das nur noch wie ein Maschinenteil funktionierte, waren da doch noch die anderen körperlichen Bedürfnisse vorhanden.

Und in diesem Verlag war es dann auch gewesen, gestern bei einer Betriebsfeier. Um das Fest noch festlicher zu machen, hatte man einen jungen Geiger engagiert, er spielte das Violinkonzert von Tchaikowsky.. Erst war sie erstarrt, katatonisch wie ein Hase, den der Fuchs gepackt hat. Aber dann stieg es wieder in ihr auf, dies hemmungslose Schluchzen, die

Wasserfälle des Leids. Sie war aus dem Saal gestürzt, egal was die anderen von ihr denken würden. Sie war in die Toilette gerannt, hatte sich ein Handtuch gegriffen und sich eingeschlossen und in das Tuch hinein geweint. Zwanzig Jahre war es her, und es war immer noch nicht vorbei.

Sie hatte dann ihr Gesicht mit Wasser gekühlt und sich überlegt, was sie sagen sollte, wenn sie wieder in den Saal hineinging. Aber sie brauchte keine Ausreden, das Konzert war zu Ende, und alle stürmten zum Buffet. Als sie vor der Käseplatte stand, hörte sie hinter sich eine Männerstimme: „Mit diesem Konzert verbinde ich etwas ganz Besonderes."

Ohne sich umzudrehen und ohne es zu wollen, sagte sie: „Das ist auch so für mich."

Sie setzte sich mit diesem Mann an einen Tisch, und er erzählte ihr, dass er dieses Konzert zum ersten Mal mit zehn Jahren gehört hatte, und da hätte er gewusst, dass er Geiger werden wollte. Und auch sie begann zu erzählen, all das, worüber sie sonst nie sprach, von ihren lang vergangenen Hoffnungen, von ihrer Krankheit, die ihr Leben zerstört hatte. Aber da sagte er:

„Das hab ich auch mal gehabt. Da kann man doch etwas dagegen tun. Bei mir ist alles wieder in Ordnung gekommen."

Er nannte ihr die Behandlung und einen Arzt.

„Und dann", sagte er, „können Sie dort weiterma-

82

chen, wo Sie aufgehört haben. Ihre Hand hat nichts vergessen."

Sie wollte die Hoffnung nicht hoch kommen lassen, zwanzig Jahre Hoffnungslosigkeit lagen in ihr wie eine unüberwindbare Mauer. Sie redeten und redeten Stunde um Stunde, ihr gefüllter Teller blieb gefüllt, sie konnte nicht essen, nicht trinken, sie wollte nur reden und hören.

Und jetzt stand sie hier, wo sie alles begraben hatte, sie strich mit den Fingern über den schwarzen Geigenkasten, der Staub klebte sich fest. Ein wenig zittrig öffnete sie den Kasten. Da lag sie in ihrem grünen weichen Bett, sie schimmerte in Braun mit gelben Lichtern, um sie herum waren stumme Wogen von Musik. Sie sah, dass zwei Saiten gerissen waren, aber sonst war alles wie vor zwanzig Jahren. Sie wollte die Geige herausnehmen, sie wieder an die Wange legen, wieder dies zärtliche Gefühl auf der Haut spüren, wieder diese Wellen, die durch den Kopf, den ganzen Körper gehen, wieder mit den Fingern greifen, den Bogen führen. Die Geige in ihren Armen und die Musik im ganzen Raum.

Aber nicht hier, nicht in diesem dunklen staubigen Verließ, nein, das musste oben sein, heimlich nannte sie ihr Arbeitszimmer noch immer das Musikzimmer.

Sie trug die Geige im Geigenkasten nach oben und die Platte mit dem Tchaikowsky-Konzert.

Auf den runden Tisch in der Mitte des Zimmers legte

sie den Geigenkasten, öffnete ihn, das Lampenlicht ließ sie leise glühen. Sie legte die Platte auf und setzte sich an ihren Schreibtisch, die Töne, die Melodie füllte den ganzen Raum, jede Ecke war voller Musik.

Auf ihrem Schreibtisch lagen im Ablagekorb die Korrekturfahnen des letzen Kriminalromans, auf der Fläche ihr letztes Gedicht, hin und wieder schrieb sie eines. Auch Worte haben Laute, vielleicht auch Töne, aber wie schwach ist doch ihre Melodie im Vergleich zur Musik.

Sie saß, hörte und schaute.

„Zwanzig Jahre", dachte sie, „ich bin nicht mehr dieselbe."

Und sie wusste nicht, was jetzt geschehen würde.

Abschied von Scholastika

Einer exakten Linguistin verschwimmen die Begriffe
und die Realität

Es wurde Nacht in Scholastika. In den erleuchteten
Fenstern sah sie die jungen Leute. Sie saßen über ihre
Bücher gebeugt, einige machten Notizen, andere
schrieben in stiller Konzentration. Ein junger Mann
übte in tiefer Versunkenheit auf seiner Geige, eine
junge Frau strich über schwarzen Samt, als suche sie
in seiner Struktur ein fernes Bild. Aus den Häusern
klang die Melodie des Abends, das Rascheln von
Papier, die Klänge verschiedener Musikinstrumente,
Töpfe und Stühle wurden gerückt.
Heute war Freitag, der wöchentliche Konzertabend.
Lavinia ging schneller, und all die erleuchteten Fenster,
mit den über die Arbeit gebeugten blonden und
braunen Köpfen wurden zu einem einzigen großen
Fenster, dem abendlichen Inneneinblick von
Scholastika, Grünpflanzen, Bücher und Musik,
dazwischen junge Menschen. Lavinia merkte, wie das
Altgewohnte nicht mehr zur beruhigenden Gewissheit
sondern zur erdrückenden Langeweile wurde. Wie oft
war sie diesen Weg schon gegangen von der
Universität zum eigenen Heim, wie oft hatte sie schon
in die Fenster geschaut, wie oft sich für das Freitag-
abendkonzert beeilt – die Wiederholungen schienen

sie einzuschließen wie die Gitter eines Käfigs, sie die Pantherin, die mit ewig gleichem Schritt den begrenzten Raum durchmaß. Sie schüttelte den Kopf, um diese Gedanken zu verlieren, und sah in den Nachthimmel, zwischen den jagenden Wolken schien der Vollmond. Wie von ferne ein Ruf – erneut schüttelte sie den Kopf, rieb sich Ohren und Augen und öffnete die Tür ihres Hauses.

Der warme Stallgeruch der Familie schlug ihr entgegen. Die Tür zu Jonathans Zimmer stand offen, Jazz drang heraus, Jonathan übte auf seinem Saxophon. Sie sah nicht nur das zerwühlte Bett, auf dem einige Kleidungsstücke achtlos verstreut lagen, ein paar Jeans, ein T-Shirt, eine Jacke – und sie sah - wie vor einigen Tagen, als sie schon mittags nach Hause gekommen war, weil sie ein Skript vergessen hatte, Joachim, Jonathans Liebsten, der in jenem Bett lag und schlief, sein Kopf mit den braunen Locken lag auf seinem nackten Arm. Die rechte Schulter in rührender Weißheit unbedeckt. Sie war in der Spontaneität des Moments an das Bett getreten, hatte den Jüngling aufgedeckt, ihr Auge hatte die muskulöse Schlankheit in sich eingesogen, ihre Hand war leicht wie ein Hauch über Brust, Hüfte und Schenkel gestrichen. Joachim hatte sich halb im Schlaf auf den Rücken gedreht, sein Penis war groß und rot aus dem Kräuselgewirr der Schamhaare gestanden. Sie hatte sich entkleidet – nein, sie hatte die Kleider von sich

86

fallen lassen und den fast noch schlafenden Jüngling umfangen mit ihren Armen, ihren Schenkeln, ihrer Vagina. Es war ein stiller Liebesakt, nur kurze Laute hatten ihre und seine Erlösung angezeigt. Sie war von ihm gestiegen, und er lag auf dem Laken wie ein erschlagener Heros, die Arme im hilflosen Gestus von sich gestreckt, die Brust unbedeckt für jeden Schmerz. War nicht eine Träne in seinem Auge gewesen? Sie war ohne ein Wort gegangen.

Am Abend hatte sie Jonathan und Joachim wieder zusammen gesehen, gebeugt über ein Notenblatt, ein blonder und ein brauner Kopf. Joachim hatte sie kurz und voll Scham angeschaut. Sie nahm es distanziert mit der Maske der berufsmäßigen Beobachterin.

Sie starrte noch immer auf das zerwühlte Bett und seufzte: „Ja, so weit ist es mit mir gekommen, ich verführe den jungen Liebhaber meines Sohnes aus bloßer Langeweile, als faden Reiz."
Wieder schüttelte sie den Kopf, wie lästige Fliegen summten heute die Gedanken. Corette lief durch den Flur. „Hallo, Mamutsch, wie war es heute? Im Labor haben wir echt einen Durchbruch erzielt." Und sie sprudelte Daten, Fakten, Ergebnisse hervor, während sie ihren Kittel in den Schmutzkorb stopfte, sich frische Wäsche holte, in das Badezimmer stürmte und durch die offene Tür weitere Informationen rief. „Auch ich",

dachte Lavinia, „war in ihrem Alter so voller Begeisterung für den Fortschritt des Wissens, nichts konnte wichtiger sein als ein neues Stückchen Erkenntnis."

Lächelnd dachte sie an die Szene zurück, als sie heftigen Wortwechsel aus Corettes Zimmer gehört hatte und bestürzt durch die lauten Schreie, hineingegangen war – Corette saß splitternackt mit einem jungen Mann, den Lavinia noch nie vorher gesehen hatte, im Bett und beide schrieen sich mit Formeln an. Der Liebesakt war durch einen wissenschaftlichen Disput unterbrochen und wurde nicht fortgesetzt, denn der junge Mann war, weiterhin heftig Formeln deklamierend aber bekleidet, Türen schlagend aus der Wohnung gestürzt.

Corettes größere Liebe galt sicher gefüllten Reagenzgläsern und die heftigsten Gefühle hatte sie bei den Wallungen und Wandlungen in den Chemiekolben.

Ein wenig leiser war das alles auch zwischen ihr und Paul gewesen, die Liebe zwischen ihnen entstand, als sie die Gemeinsamkeiten einer Syntaxregel in Siku und Adept gefunden hatten. Paul erforschte weiterhin das Siku, und sie hatte sich von der Kunstsprache des Adepts wieder der Alltagssprache und ihrer poetischen Form zugewandt.

Sie trat in Pauls Arbeitszimmer. Er saß an seinem Schreibtisch. Sie sah seine gebeugten Schultern, sein abgetragenes Jackett, sah die lichte Hinterkopfstelle in seinem grauen Haar. Sonst hätte sie dies registriert mit einem liebevollen Gefühl von Wehmut und Mütterlichkeit – aber jetzt stieß es sie ab wie ein allzu lange getragenes Kleidungsstück, fadenscheinig, zerschlissen, etwas für den Reißwolf und nicht mehr für den Gebrauch.

Sie zwang dieses Gefühl nieder. „Paul, zieh dich um, heute ist Freitag."

Es war nicht ausgesprochene Pflicht für alle älteren Mitglieder von Scholastika, das wöchentliche Konzert zu besuchen, jedoch war es die ganz gewöhnliche Praxis. Die schäbigen Smokings, die brüchigen Seidenkleider waren Standarduniform für dieses Ereignis. Paul murmelte: „Gleich, gleich!" Und sie sah ihn wieder über die langen Wortlisten des Siku gebeugt, die ihr wie die unendlichen Reihen sinnloser Silben erschienen.

Sie ging in ihr Zimmer, auf dem Schreibtisch lag das fast fertig redigierte Manuskript von „Alltagssprache und Poesis". Fabulon, der kleine Pegasus, hatte sich auf den Seiten niedergelassen und putzte seine Flügel. Fabulon, eines der neu nachgezüchteten Fabelwesen, war ihr Haustier. Sie hatten, als die Kinder klein waren, einen Miniaturdrachen gehabt, der aber immer wieder Brandlöcher in die Gardinen geatmet hatte. Von einer Sphinx hatten sie stets Abstand gehalten, da die bohrenden Fragen und Rätsel dieser Wesen zuviel intellektuelle Kapazität gebunden hätte. Ein kleiner Pegasus dagegen war in erster Linie mühelos und flog mit leisem Summton durch die Gegend. Sie stupste ihn an und Fabulon erhob sich sirrend, flog einmal einen weiten Kreis um ihren Kopf, ihr war, als hätte er einen unsichtbaren leuchtenden Halo gezogen. Wieder diese müßigen Gedanken.

Sie ließ im Bad kaltes Wasser über Gesicht und Hände laufen, zog dann das schwarze, schon ein wenig ins Grünliche schillernde Seidenkleid über den Kopf, ein leichtes Krachen wie fernes Reißen von Fäden ging durch den Stoff.

„Wenn ich", so dachte Lavinia, „noch einmal ins Konzert gehe, brauche ich ein neues Kleid." Ihr fiel nicht auf, dass dieses „wenn" bereits eine Aufsage an eine sakrosankte Konvention bedeutete. Als sie die Seide über ihrem Körper glatt strich, dachte sie: „Was ist mein Körper, alt oder jung?"

Und sie nahm plötzlich wahr, dass ihre Blutungen drei Monate ausgeblieben waren. Sollte sie das Alter erreicht haben? Ihr Körper war für sie ein geschlechtsloses Instrument, er trug sie, ihre Gefühle, ihre Gedanken, ihre Empfindungen, aber er war neutral – welch ein absurder Gedanke, hatte sie nicht vor wenigen Tagen noch mit einem jungen Mann geschlafen und dabei Lust – wenn auch eine verbotene – empfunden.

Die Familie ging nicht gemeinsam zum Konzert.

Corette war bereits früher aus dem Haus gestürzt, hatte gemurmelt „ich muss noch mal ins Labor", und Lavinia merkte erst Minuten später, dass ihr übliches mütterliches Nachrufen „aber komm nicht zu spät!" unterblieben war.

Jonathan im dunkelblauen Samtanzug, auf den seine langen blonden Locken fielen, war gegangen, um Joachim abzuholen. Lavinia sah als inneres Bild ihren schönen Sohn noch einmal vor sich, und plötzlich war er leer, leer wie eine Schaufensterpuppe, er hatte nur Accessoires, Perücke, Anzug, Saxophon – eine hübsche Marionette ohne Eigenwesen. Wieder wollte sie die Gedanken von sich schütteln, aber aus kleinen Fliegen waren dicke Brummer geworden, deren Geräusche andere Töne überlagerten.

Paul und Lavinia gingen durch die nachtdunklen Straßen, aus allen Häusern kamen Menschen, alle eilten dem gleichen Ziel zu. Man grüßte sich mit einem Kopfnicken.

„Wie oft wir uns sehen", dachte Lavinia, „in der Universität, in der Mensa, auf der Straße, im Konzert, bei Vorträgen, in Gottesdiensten."

Und wieder kam dieses Gefühl, in einem Käfig ruhelos auf und ab zu wandern, aber dieser Käfig war nicht leer, sondern überfüllt mit Menschen. Sie roch ihren Atem, ihren Schweiß, hörte das Pulsschlagen und das starke Herzklopfen. Es war, als ob ihre Körper sie durchdrangen, keinen Schutz gab es mehr vor all den fremden Ausstrahlungen, sie schienen sich in sie zu mischen, ihr Selbst zu verwischen.

Lavinia fühlte eine Ohnmacht nahen und griff nach Pauls Arm. Er zuckte leicht zusammen, wegen dieser seit Jahren ungewohnten Geste, tätschelte dann aber ihre Hand und fragte: „Geht es dir nicht gut?" Was sollte sie sagen: Die Leute bedrängen mich, die Dinge sind zu nah. Ich trete heraus. Nein, so etwas konnte sie noch nicht sagen. Also eine Notlüge: „Ich bin etwas unsicher in den Schuhen."

Gleichzeitig bat sie ihre alt gedienten, viel getragenen Schuhe um Entschuldigung für diese Unterstellung.

Das erleuchtete Konzertgebäude sog die Menschen an wie ein Feuer in der Nacht, seine Fenster, sein Portal waren leuchtende Öfen, die begierig waren auf Menschenfleisch. „Meine Fantasie wird immer makabrer", dachte Lavinia und betrat wie hunderte Male davor das Gebäude an der Seite von Paul. Er half ihr aus dem Mantel und legte ihn auf die Theke, damit die Garderobenfrau ihn wegbringen konnte. Plötzlich hatte Lavinia das Gefühl, die Theke sei ein Boot, beladen mit Paul und der Garderobenfrau, das Boot legte ab und fuhr davon. Sie stand allein im Meer, in den Wogen, der Boden schwankte, aber er trug sie. Das Ritual des Konventionellen war noch stärker, sie nahmen ihre Plätze ein, wie immer dritte Reihe links, die zwei Sitze direkt am Mittelgang. Der Saal war schon gut gefüllt, überall schwarze, dunkle Kleider, weiße Flecken von Hemden und Blusen, von Programmen, Haare braun, blond und grau, insbesondere in den vorderen Reihen, wo die Lehrenden saßen. Riebeck, der Orientalist, der Methusalem der Alma Mater, schnaufte wie immer, später würde sein Kopf langsam nach vorne fallen und an den leisen Stellen würde man sein leises pfeifendes Schnarchen hören. Dies wurde von allen mit innerer Belustigung toleriert – aber Lavinia fühlte eine lang zurück gestaute Wut in sich hochsteigen, warum musste es akzeptiert werden, warum ging der alte Mann nicht in sein Bett und gab Ruhe? All die Gelassenheit, die Toleranz, die höflichen Floskeln und Gesten waren nichts als graue Gallerte, unter der alles Leben erstickte.

Der Dirigent erschien, höfliches Klatschen, er hob den Stock, die Töne begannen – das ewig gleiche Stück, Geigen zirpten, Flöten pfiffen, Celli brummten, die Melodie, immer wieder gehört, schien sich aufzulösen, zu zerfallen in einzelne dissonante Laute, die sich gegenseitig überschreien wollten. Lavinia legte die Hände auf die Ohren – ihr wurde bewusst, wie unangebracht diese Geste in einem Konzert war, sie tat, als riebe sie kurz ihre Ohren – und die Melodie lief wieder im Gleichklang, und es war eindeutig Brahms oder Bach oder Mozart und nicht irgendwas. Sie sah

Corette im Orchester, ja, heute spielte sie unter den Geigerinnen, genau so konzentriert wie im Labor, ein schwarzer Fleck auf ihrem Finger der rechten Hand tanzte beim Zupfen der Saiten.

Lavinia erinnerte sich, dass nachher ein Stück von Gershwin kommen sollte, und dann würde sich auch Jonathan produzieren. Sie waren gut geraten ihre Kinder.

Ihre Kinder? Ihre? Sie gehörten ihr nicht – nicht mehr – die Nabelschnur war gerissen, fremde junge Menschen mit eigenem Leben, eigenen Zielen, nur Gewohnheit ließ sie einander noch kennen. Ihre Tüchtigkeit war ihnen eigen, nicht mehr Verpflichtung von Mutter und Vater.

Sie warf einen halben Blick auf Paul, er hatte den Kopf halb gesenkt, die Augen halb geschlossen, halb war er hier und halb war er weit fort – wohl bei den Wortreihen des Sikus, was existierte für ihn außer der Semantik und Syntax? Ob er je bewusst über Corette und Jonathan nachdachte; was fühlte er für sie? Sie waren eingetretene Hausschuhe, die passten und wärmten, die aber keiner Aufmerksamkeit mehr bedurften.

„Das ist das, was man unter einem trauten Heim versteht", dachte Lavinia, und es stieß ihr bitter auf. „Was wäre..." und jetzt begann der Gedanke sich zu formulieren, „wenn ich nicht mehr wäre?" Würde es überhaupt eine Lücke geben, oder würde sich dort, wo sie verschwand, die Decke des Moores gleich wieder schließen? Corette in ihrer Tüchtigkeit würde die Organisation des Haushalts mit übernehmen, Paul würde des Nachts noch eine Stunde länger am Schreibtisch sitzen. Jonathan, ja, er würde sie ein wenig vermissen, und die ihm fehlende Wärme verstärkt bei seinen Freunden suchen. Das Leben würde geordnet weitergehen, und sie, Lavinia, wäre nichts als ein verblassendes Foto und ein Name in den Universitätsarchiven.

Sie gab sich einen Ruck, um die morbiden Gedanken zu verscheuchen und versuchte, den Rücken des Dirigenten zu fixieren. „Auch Königstein wird alt", dachte sie, als sie seinen weit ausholenden Armbewegungen folgte, sein Rückgrat war ein wenig steif und der Schwung der Gesten war der einer Spielzeugpuppe. Königstein – sie ging zurück in ihren Erinnerungen, sie hatte als Doktorandin im Chor mitgesungen, damals waren beide jung, und nach einer heftigen Diskussion über Wortmelodien waren sie in seiner Wohnung und dann in seinem Bett gelandet. War es schön gewesen?

Sie wusste es nicht mehr, sie erinnerte sich nur an viel braunes Mahagoni, an Notenblätter, die auf dem Tisch und auf dem Boden lagen. Waren Dinge wichtiger in der Erinnerung als Gefühle?

Es war Pause, Stühle und Füße schlurften über den

Boden. Es bildeten sich kleine Grüppchen, der linguistische Klüngel fand sich zusammen, es wurden ein paar Institutsangelegenheiten beredet. Als man sie nach ihrer Meinung fragte, merkte sie, dass sie nichts gehört hatte und entschuldigte sich mit der Bemerkung, dass sie gerade über den letzten Korrekturen ihres neuen Buches säße. Das war eine akzeptable Entschuldigung, vor ihr wurde die Angelegenheit erneut ausgebreitet – sie sah die Kollegen wie durch dickes Glas: „So mag ein Goldfisch die Welt sehen."

Sie gab einige unbestimmte aber interpretierbare Äußerungen von sich, und als die Klingel zum zweiten Teil rief, schüttelte man sich die Hände und vertagte die Entscheidung bis zur Institutssitzung am nächsten Tag.

Jonathan hatte offensichtlich großen Erfolg, die jungen Männer umringten ihn, und Lavinia hörte ein Mädchen seufzen: „So ein schöner Junge, schade, dass er keine Mädchen mag." Lavinia lächelte, musste doch jede Frau meinen, Männer seien nur durch die Vagina einzunehmen.

Sie gingen nach Hause, Paul und sie, Jonathan ging mit seiner Clique in eine Kneipe, Corette war engagiert und lachend mit dem Cellospieler abgezogen, und so gingen sie, das alte Ehepaar, nach Hause, so wie sie gekommen waren. Im Flur gaben sie sich einen kurzen

Kuss und jeder ging in sein Zimmer. Sie machte die Lampe an und las noch einmal das letzte Kapitel, auf jeder Seite ließ sich Fabulon nieder und, wenn sie das Blatt umdrehen wollte, musste sie ihn hochscheuchen. Das war nun ihr Werk: „Alltag und Poesis", in ihm gerann die wissenschaftliche Tätigkeit von mindestens zwanzig Jahren, ihre frühe Faszination mit der Kunstsprache Adept, deren reine und logische Konstruktion sie zu intellektuellen Orgasmen hingerissen hatte. Und dann der Absturz, als ihr das Fehlen der Kunst in dieser Sprache bewusst wurde. Es folgten die langen Untersuchungen zu Artificialität und Poesie – und dann, als Jonathan in die Hosen schiss und Corette Keuchhusten hatte, die Problematik des zerstückelten und zerstückelnden Alltags, die Erfahrungen mit der unsystematischen Verzerrung der Kindersprache, und so drehte sich die Spirale weiter, Alltag, Alltagssprache, Kunstsprache, Poesie. Sie hatte die Worte hin und her gewendet, die Begriffe gedreht und verschlungen – sie wurde zu nationalen und internationalen Kongressen geladen. Sie schrieb die einschlägigen Lexikonartikel, gehörte dem HerausgeberInnenteam der Fachzeitschrift „Lingua Nova" an – und jetzt blickte sie auf dies letzte Kapitel, die Wörter standen, nur über die Kommas konnte man noch streiten. All dies, diese Menge an Buchstaben war wie Fleisch, Fleisch in den Fleischwolf gesteckt, es verlor die Konsistenz, lange rote Würste durch Gitter gepresst, fielen gefällig in die Schüssel des Manuskripts.

„Ich könnte es zerreißen oder verbrennen", dachte Lavinia, als sie den letzten Strich setzte. Aber sie schloss das Manuskript, legte den Schreiber darauf in einer endgültigen Geste, löschte das Licht und ging zum Fenster. Sie zog die Vorhänge zurück, der Mond sah sie an.

Sie öffnete die Fenstertüren und badete das Gesicht im silbernen Licht. Jetzt wusste sie, dies war die Nacht, die Nacht, die einmal kommt, der Ruf war an sie ergangen.

Hin und wieder verschwanden Menschen in Scholastika, sie waren weder gestorben noch auf eine andere akademische Insel ausgewandert, sie waren fort – und hinter vorgehaltener Hand wurde gemurmelt: „Der Ruf – sie (oder er) ist dem Ruf gefolgt."

Mehr wurde nicht gesagt und mehr wurde wohl auch nicht gewusst.

Sie stand noch im Innenraum und hatte den Schritt über die Schwelle ins Neue, ins Außergewöhnliche noch nicht getan. Fabulon, das kleine verwöhnte Haustier, schoss auf der breiten Bahn des Mondlichts nach oben, flog. Seine breit gespannten Flügel schimmerten und sein leises Zirpen schien in einen großen Chor einzustimmen.

Lavinia stieg über die Fenstertürenschwelle und ging und ging. Die Fensteraugen von Scholastika waren dunkel und leer, nur die Bäume standen als schwarze Hüter an der Grenze zwischen Traum und Schlaf. Sie ging und ging, die Stadt lag als dunkler Hügel hinter ihr. Die Asphaltstraßen verloren sich in Feldwege, in schmale Pfade, dann waren die Felder vorbei, und es gab nur Heide, Steine, Sträucher. Ein Absatz riss ab, sie humpelte ein paar Schritte, dann zog sie die Schuhe aus und ließ sie stehen. Die Strümpfe zerrissen, und sie lief auf nackten Sohlen. Ihre Zehen stießen an Steine, sie fingen an zu bluten, es bildeten sich Krusten. Sie trat sich einen Dorn ein, und sie zog ihn wieder heraus. Hakelige Zweige griffen nach ihrem Kleid, leise krachend riss der Stoff. Kleine Äste verfingen sich in ihrem Haar – was sich nicht abstreifen ließ, blieb und musste mit.

Sie ging und ging – der volle, runde Mond warf sein zerfließendes Licht über die schattige Landschaft der Unbestimmtheit, die Konturen lösten sich auf in die Gesamtheit von Grau und Schwarz – der Ruf zog sie, zog sie weiter, kein Schmerz, keine Müdigkeit, kein Durst, kein Hunger – weiter, weiter, das Ziel sog sie ein.

So wie ihre Kleider zerfielen, ihr Haar verfilzte, so ging alles davon, ihr Name, ihr Leben, ihre Kenntnisse, ihre Erinnerung – nichts blieb als dieser Weg über die Ebene in das Dickicht hinein. Sie kämpfte sich durch die schmalen Schneisen, die das Wild auf seinen nächtlichen Wegen benutzte. Irgendwann fiel sie unter einem Busch zusammen, kauerte, umschlang ihre Knie, der Kopf sank, und sie schlief. Immer wieder wachte sie kurz auf von der Kälte, und es schien im fahlen Licht, als ob in den Schatten der Bäume Gestalten standen, sie zu beobachten. Aber bevor sie ihren Blick fokussieren konnte, sank ihr Kopf wieder herab in die tiefste Erschöpfung.

Als der Himmel heller wurde und die Sterne verblassten, war das Frösteln so groß, dass sie aufstand, sich reckte und dehnte. Ihre Zunge schmeckte den Tau auf ihren Lippen, ihr Blick hatte eine Wildheit, die unter Menschen als verrückt gegolten hätte. Sie nahm ihren Weg wieder auf, bedächtiger jetzt und mit schaukelndem Schritt. Die wunden Sohlen überzogen sich mit Lehm, die Morgensonne fiel auf bloße Arme und legte einen warmen Pelz von Licht um ihren Körper. Sie streifte Beeren von den Büschen, noch nie hatte ihre Zunge eine solche Frische, Fruchtigkeit gekostet, ihr ganzer Körper schien von Frucht durchdrungen zu sein.

Sie kam an den Strom, sie kniete auf den Steinen am Ufer nieder, tauchte ihre Hände tief ins eilende Nass und schöpfte in der gewölbten Schale der Hände die Klarheit, und ihre Zunge zog es in sich hinein und durch ihren Mund, ihre Kehle, durch alle Adern ihres Körpers rann das Wasser, das nicht nur den Durst löschte, sondern reinigte, reinigte von allem, was

Schmutz des Lebens ist. Sie legte sich in den Strom und ließ die Wasser über sich laufen, es schwemmte davon, was sich in den Poren festgesetzt hatte, was sich festhielt, was abgestorben war, schwemmten sie fort, die alte Haut, die in Fetzen herunterhing.

Sie lag im Wasser, während die Sonne über den Himmel ging, neugierige Forellen stießen sie mit ihren Mäulern an. Sie lag zwischen Tod und Leben und ließ es fließen, fließen. Als es Abend wurde, sammelte sie Moos und trockenes Laub zu einem Nest unter den tief hängenden Zweigen der Weide. Sie kroch zwischen die Pflanzen, sie rollte sich zusammen, sie schauerte. Überall waren Augen, die sie anschauten, wenn sie diese fixieren wollte, waren sie fort. Aber überall, hinter jedem Baum, hinter jedem Busch standen sie und schauten. Sie kroch tiefer in sich und in ihr Nest hinein und schaufelte Laub über sich, so dass nur noch ein paar Atemlöcher blieben. Angst umgriff ihr Herz, und ihr Körper war starr. Sie wartete, ohne sich regen zu können. Irgendwann ging die katatonische Starre in einen erstarrten Schlaf über. Blasse Augen kamen näher, blasse Hände schienen zu greifen, das blasse Licht schien weder diesseits noch jenseits zu sein, kein Atem, kein Herzschlag schien mehr zu sein.

Der Tau des Morgens weckte sie, wie Tränen rann er über ihr Gesicht. Sie trank hastig am Strom und wie gehetzt lief sie, lief sie davon, weit fort vom Schrecken, von der Angst. Sie waren immer hinter ihr und selbst,

als sie keuchend zusammenbrach und Erschöpfung
das einzige Gefühl war, fühlte sie den heißen Atem
des Schreckens auf ihrem Nacken. Und wieder erhob
sie sich, taumelte weiter, brach zusammen, kroch auf
den Knien weiter, versuchte sich an einem Baum
hochzuziehen, die Zweige schienen sie zu um-
schlingen, aufschreiend mit neuen Kräften stürzte sie
davon, schluchzend, keuchend, wimmernd. Hinter ihr
war die namenlose wilde Jagd. Es gab keinen Tag
mehr, keine Nacht, keine Sonne, keinen Mond, sie war
im Limbo, irrend in hoffnungsloser Unendlichkeit. Wer
aus der Zeit fällt, fällt aus dem Raum.

Aber irgendwann ist auch der letzte Kampf gekämpft,
alle Energie verbraucht, nichts hält mehr, nichts bindet
und du überlieferst dich, lässt dich in ihre Hände fallen
und weißt, du bist angekommen, bist endlich daheim.

Der Schrebergarten der Witwe

Die Erlösung durch Grabpflege

Frau Schulte zog ihren schwarzen Mantel an und schloss die vier Knöpfe. an den Knopflöchern schimmerte es schon etwas grau, auch waren abgewetzte Stellen an den Ärmeln, aber für diesen Ausgang war der Mantel durchaus richtig. Sie setzte sich den schwarzen Hut auf, einen Kompotthut nannte man ihn in ihrer Jugend, kontrollierte im Spiegel, ob er auch gerade saß. Ihr Gesicht schaute sie nicht an, das war ja immer das gleiche. Sie wischte noch einmal mit einem Lappen über ihre schwarzen Schnürschuhe mit dem kleinen Absatz und nahm die Plastiktüte, in der die kleine Schaufel, die Gartenschere und die gelbe Gießkanne lagen. Sie kaufte auf dem Weg zur U Bahn bei dem Supermarkt einen Spankorb mit Stiefmütterchen, die heute im Sonderangebot waren. Es waren zwölf blaue und zwölf gelbe darin. Sie stieg an der Station aus, bei der auch andere Frauen ähnlich gekleidet und bepackt ausstiegen.

Es war einer der ersten warmen Tage und so höchste Zeit, die Dinge in Ordnung zu bringen. Sie entfernte die Abdeckung mit den Tannenzweigen und den braun vertrockneten Heidebusch.

Sie brachte alles zum Drahtkorb für die Abfallpflanzen und sah, dass in der dritten Reihe auch Frau Huber am Werkeln war. Sie pflanzte tatsächlich schon Himmelschlüsselchen, wo doch noch ein Kälteeinbruch kommen konnte, und dann wäre alles hin. Aber Frau Huber war ja so, immer voreilig. Das Weihnachtsbäumchen mit dem Lametta und den Kugeln ließ sie noch stehen. Sie richtete es wieder auf, es lag schief auf dem Boden, vielleicht war es der Wind gewesen oder gar böse Menschen, im Fernsehen wurde ja immer wieder über Grabschänder berichtet. Die Welt war schlecht, das wusste sie. Sie ließ das Bäumchen immer bis kurz vor Ostern stehen.

Sie grub die Erde um, so dass sie schwarz glänzte, und entfernte die ersten Anzeichen von Unkraut. Sie pflanzte die Stiefmütterchen in ordentliche Reihen in die nackte Erde. Ein paar Narzissen- und Tulpenzwiebeln dazwischen, die würden dann langsam herauswachsen. Dann beschnitt sie die Umrandung aus Buchsbaum. Die Pflanzen neigten dazu, immer wieder den gesteckten Rahmen zu überschreiten. Sie holte am Hahn Wasser, um die neu eingesetzten Blumen zu begießen. Dort traf sie auch Frau Huber, sie begrüßten sich, erkundigten sich nach der jeweiligen Gesundheit, mal war es Rheuma, mal war es der Rücken, der plagte.
„Aber man wird ja alt, da kann man halt nichts machen."
„Gesundheit ist halt das Wichtigste im Leben."

Frau Schulte fand immer, dass Frau Huber ein wenig übertrieb, z. B. jetzt schon Primeln zu pflanzen, oder dass sie so ausführlich von ihrem letzten Arztbesuch erzählte. Aber sie sagte dies nicht.

Sie schaute noch ein wenig den Vögeln zu, die in der frischen Erde pickten, oder sich von den Büschen die eingetrockneten Früchte holten. Manchmal brachte sie ihnen eine Stück altes Brot mit, das Füttern von Vögeln war zwar von der Friedhofsverwaltung verboten, aber das war ein Verbot, das sie einfach vergaß.

Sie warf noch einen prüfenden Blick über das Grab, knipste einen vorstehenden Zweig vom Buchsbaum ab, nun war alles in Ordnung, sie griff sich an die schmerzende Stelle im Kreuz und schaute auch auf den Stein, es hatten sich keine grünen Flechten darauf abgesetzt.

Da lag er nun, der Willi, schon seit fünf Jahren. Sie besuchte ihn jede Woche einmal, immer am Freitag, so dass zum Sonntag alles sauber und akkurat war, wie es sich gehörte.

Im Frühling kamen nach den Primeln die Vergissmeinnicht, dann gab es die Fleißigen Lieschen und schließlich kam das Heidekraut. Zu Ostern stellte sie ihm einen Strauß mit Forsythien und Weidenkätzchen aufs Grab, daran hängte sie die bunten Plastikeier, zu seinem Geburtstag im September kaufte sie einen Strauß Chrysanthemen, immer eine ziemliche Ausgabe, aber das war sie ihm ja schuldig, und an seinem Todestag im November zündete sie die Kerzen an und legte eine Plastikrose dazu. Zu Allerseelen war das Grab schon mit den roten Windlichtern bestückt und mit dem Heidekraut, weißem und rotem, die Frau Huber hatte sogar mal blaugefärbtes verwendet, das würde sie nie tun, das war doch unnatürlich. Weihnachten stellte sie dann den kleinen Baum auf, an dem sie Kerzen, Kugeln und Lametta befestigte. Am heiligen Abend ging sie immer vor der Messe ans Grab und zündete die Kerzen an und sprach ein Vaterunser. Sie überlegte, ob sie wirklich jedes Jahr ein neues kaufen sollte, oder nicht doch einmal einen Plastiktannenbaum bei Woolworth erstehen sollte, den konnte man auch besser reinigen. Sie war sich einfach nicht sicher, ob das richtig sei. Einige legten ja bereits so Seidenblumen aufs Grab, Narzissen und Rosen im Februar, das gab zwar allem einen munteren Anstrich im Gegensatz zu den rotbraunen Heidebuschen , aber irgendwie fand sie, dass an diesem Ort etwas wachsen sollte, aus der Erde herauskommen. Na ja, nur an seinem Todestag, da gab es halt nichts, aber immer nur künstliches, nein, das wäre nicht richtig, meinte auch die Friedhofsordnung.

Manchmal tat ihr das Kreuz weh von all dem Bücken und dem Tragen der vollen Gießkanne und der Blumen, und die Beine waren auch geschwollen, aber das Grab musste ja in Ordnung sein, das gehörte sich so, das war sie schließlich Willi schuldig. Und was würden die anderen denken, wenn sie so wie bei dem Nachbargrab alles mit Efeu überziehen ließe, das war doch einfach pietätlos. Und einige machten gar nichts und überließen alles dem Friedhofsgärtner, na gut, wenn sie wo anders wohnten, konnte sie das noch verstehen, aber sonst, ein wenig Mühe musste man sich schon machen.

Zu Hause hatte sie auch ein Bild von Willi im silbernen Rahmen auf der Kommode mit einer schwarzen Trauerschleife um die rechte Ecke. Sie stellte auch vor das Bild immer Blumen, aber der Duft von Maiglöckchen und Freesien war so intensiv und vermischte sich so eigenartig mit dem Pfirsichduft des Waschmittels und dem Tannenduft des Putzmittels. Sie war dann dazu übergegangen, Plastikblumen zu verwenden, die sie manchmal auswechselte, wenn sie zu staubig geworden waren. Hinter dem Bild an der Wand hing ein Efeukranz, auch der musste gereinigt werden.

Wenn sie nach Hause kam, erzählte sie Willi, wie sein Grab aussah, dass wieder alles in Ordnung sei, und dass Frau Huber schon wieder zu früh pflanzte. Sie redete mit Willi, aber schon als er noch lebte, hatte er eigentlich nie zugehört.

Sie hatte Willi kennen gelernt bei einer Tanzerei, zu der sie von einer Kollegin mitgenommen war. Sie gingen dann miteinander, und als der Erwin unterwegs war, hatten sie geheiratet. Ihr Hochzeitsfoto stand auch auf der Kommode. Sie hatte sich damals ein weißes Kleid geliehen, und sie beide schauten ein wenig streng, aber schließlich war ja auch eine Hochzeit eine ernste Angelegenheit.

Es war also alles ganz in Ordnung, sie hatte dann nach der Geburt ihre Stelle in der Bäckerei aufgegeben, das hatte ihr leid getan. Sie hatte die Arbeit gemocht, der frische Geruch der Brote, die weiße Schürze mit den Rüschen, das weiße Häubchen, der Plausch mit den Kolleginnen, die Kunden, von denen einige doch sehr nett waren. Einige der älteren Männer hatten ihr immer mal Komplimente gemacht, das war ihr zwar peinlich gewesen, aber war doch ganz nett.

Aber wenn man ein Kind hat, muss eine Mutter zu Hause sein. Sie war mit Erwin immer auf den Spielplatz gegangen, hatte gestrickt und mit den anderen Müttern ein wenig geredet. Wenn Willi am Abend nach Hause kam, war er immer müde, wollte sein Abendessen, sein Bier und seine Sportschau. Er hatte ihr nichts zu erzählen, und wenn sie was sagte, dann brummte er nur. Aber so war es nun mal.

Als Erwin dann in den Kindergarten kam, fand Willi, dass sie wieder arbeiten sollte, schließlich konnten sie das Geld gut brauchen. In der Bäckerei war ihre Stelle längst besetzt, und sie konnte ja auch wegen des Kindes nur halbtags arbeiten. Sie fand dann eine Stelle im Supermarkt als Kassiererin, das war ganz schön anstrengend, immer diese Waren über die Warentheke zu schieben, am Anfang taten ihr nach den vier Stunden die Handgelenke weh, doch sie gewöhnte sich daran. Auch der Zug von der Ladentür ging in die Gelenke, seitdem hatte sie immer mal wieder Schmerzen. Der Doktor hatte ihr eine Salbe verschrieben und so Pillen. Außerdem gab es ja auch so Vorteile, die Lebensmittel, die gerade das Verfallsdatum erreicht hatten, konnte sie immer billiger bekommen. Das half schon. Und manchmal gab es auch so nette Sonderangebote, wie Platzdeckchen mit Blumen oder billige Hausschuhe. Dumm war es immer nur am Samstag, dann war der Willi früher zu Hause und schimpfte, weil das Essen nicht um zwölf auf dem Tisch war, sie konnte erst um zwei zu Hause sein, sie kochte natürlich immer vor, aber das Aufwärmen musste ja noch sein.

Der Willi war kein schlechter Mann, er brachte die Regale an den Wänden an, er reparierte sogar mal ihr Bügeleisen, schließlich hatte er ja eine Elektrikerlehre gemacht, auch wenn er dann auf einem Bauhof den Gabelstapler fuhr. Er trank nicht, nur seine zwei Biere am Abend, und nur einmal in der Woche ging er mit seinen Kumpels zum Stammtisch, dann war er immer ein wenig angeheitert und machte an ihr rum. Aber das ging entweder schnell oder hörte gleich auf. So was gehörte schließlich zu den ehelichen Pflichten.

Nur einmal hatte er was mit dieser blond gefärbten

Lageristin, das war nicht schön, er kam dann immer etwas später nach Haus und roch nach einem süßlichen Parfüm, aber sie hatte nichts gesagt, Männer, so hatte ihr eine Nachbarin gesagt, müssen sich manchmal die Hörner abstoßen. Was hätte sie auch machen sollen, in den Frauenzeitschriften standen da so Ratschläge, also war sie zum Friseur gegangen und hatte sich eine neue Dauerwelle machen lassen, Willi hatte es nicht mal gemerkt. An die Reizunterwäsche traute sie sich nicht ran, was würden die Verkäuferinnen denken von ihr, so hatte sie einfach abgewartet. Das Schlimmste wär ja Scheidung gewesen, sie wusste ja, dass die Frauen selber daran schuld waren, wenn es dazu kam. Und erst die Kinder, man wusste ja, was dann geschah, sie wurden kriminell oder gar rauschgiftsüchtig, nein, ihr Erwin sollte eine richtige Familie haben. Und irgendwann war Willi dann sehr mürrisch, er schimpfte über alles, sie konnte noch so gut geputzt haben oder sein Lieblingsessen, Schweinebraten mit Knödeln, gekocht haben, nichts war ihm recht. Sie hörte dann von Anderen, dass diese blondierte Lageristin sich an den Abteilungsleiter herangemacht hatte, und Willi war abgemeldet. Nach einer gewissen Zeit war alles wieder in Ordnung.

Manchmal gingen sie am Sonntag zu seiner Mutter, die ihnen dann ihre ganzen Leiden erzählte und über den

Streit im Haus. Sie kochte dann immer sehr reichlich für sie und Willi sagte:

„Es geht doch nichts über Mutters Essen." Das kränkte sie immer ein wenig, aber sie presste nur die Lippen zusammen.

Oder sie gingen mal in den Tierpark wegen Erwin, oder in einen Biergarten. Am Anfang waren sie auch immer zu Dritt zu den Fußballspielen gegangen, aber als Erwin dann größer wurde, gingen nur noch die Männer, und sie hatte ein paar ruhige Stunden, in denen sie das, was liegen geblieben war, erledigen konnte.

In den Ferien waren sie immer zu ihren Verwandten nach Niederbayern gefahren. Das war schön auf dem Bauernhof. Erwin war hinter seinem Onkel hergelaufen und hatte gesagt. „ Ich will auch mal Bauer werden."

Sie hatte mit der Marie, das war die Frau von ihrem Bruder, gekocht und eingemacht: Johannisbeeren, grüne Bohnen, Erbsen und was sonst so anfiel. Am liebsten mochte sie die Zeit , wenn die Blaubeeren reif waren, dann gingen sie mit den Eimern in den Wald, das erinnerte sie so an die Zeit, als sie noch ein kleines Mädchen war. Und wenn sie dann nach Hause fuhren, gab ihr die Marie immer einige Gläser selbst gemachte Marmelade, einen geräucherten Schinken und Dosen mit Leberwurst und Sülzfleisch mit. Und

Willi hatte dies und das im Haus oder in den Ställen repariert. Nur in dem Jahr, wo das mit der Lageristin lief, war er nicht mitgekommen. Sie hatte zur Marie gesagt:

„Sie können ihn im Betrieb nicht entbehren."

Aber nachts hatte sie manchmal geweint, aber das war ja dann auch vorbeigegangen.

Es war eine richtig gute Ehe.

Aber dann war Willi gestorben, er war in Rente und hatte den ganzen Tag vor dem Fernseher gesessen und schon vom Morgen an seine Biere getrunken. Er war immer müde und nörgelte herum. Irgendwas hatte mit seiner Leber nicht gestimmt, die Ärzte hatten eine Menge Fremdwörter gebraucht, aber Willi wollte ja nie zum Arzt gehen, er meinte, das täten nur Memmen. Ja, und so war sie allein und nun auch in Rente.

Der Erwin war Lastwagenfahrer und lebte in Aschaffenburg zusammen mit einer Geschiedenen, die zwei Kinder hatte. Sie fand das ja nicht gut, aber Erwin hatte nur gesagt:

„Das verstehst du nicht, Mutter. Die Zeiten sind anders."

Wenn er nach München eine Fahrt hatte, besuchte er sie mal für eine Stunde, sie hatte immer was gekocht für ihn.

„Wie bei Muttern", sagte er dann und lachte. Aber Zeit, mit ihr auf den Friedhof zu gehen, hatte er nie. Er musste immer wieder zurück zu der Geschiedenen.

Sie sollte sie mal besuchen, aber das kostete ja was, die Zugfahrt und so, und außerdem, was sollte sie denn mit der Frau reden. Und die Kinder, das waren ja nicht Erwins Kinder. Nein, da blieb sie lieber zu Hause. Es war ja alles ein bisschen einfacher geworden nach Willis Tod, sie brauchte nicht mehr jeden Tag zu kochen, manchmal aß sie zu Mittag nur ein Butterbrot, oder sie leistete sich eine Leberkässemmel. Sie lebte sehr sparsam, erst weil sie die Schulden von Willis Begräbnis hatte abzahlen müssen, sie wollte ja für ihn einen ordentlichen Sarg und auch richtige Orgelmusik. Dafür hatte sie viel Geld gebraucht, und jetzt sparte sie für ihr Begräbnis, der Erwin sollte da keine Kosten haben. Und was brauchte sie schon für sich!

Auch die Wohnung, die sie jeden Samstag gründlich putzte, war nicht mehr so dreckig. Nirgendwo lagen mehr schweißige Socken herum, und sie brauchte keine leeren Bierflaschen mehr wegbringen. In dem großen Doppelbett kam sie sich zwar etwas verloren vor, kein Schnarchen mehr und kein Schweißgeruch. Manchmal wachte sie nachts auf und dachte, sie hätte Willis Schnarchen gehört, aber dann war es immer ganz still, nur die Autogeräusche von der Straße und das flackernde Licht von der Leuchtreklame gegenüber huschte über die Kissen und das aufgeschüttelte Plumeau. Die Tage waren lang so von sechs Uhr morgens bis zehn Uhr am Abend.

Eine Nachbarin hatte sie mal mit auf eine Kaffeefahrt genommen, sie waren nach Holzkirchen gefahren und hatten ganz umsonst eine Tasse Kaffee und ein Stück Rosinenkuchen bekommen, und dann hatte ein richtiger Herr ihnen eine Heizdecke vorgeführt und gezeigt, wie gut sie gegen Rheuma ist und wie sie die alten Knochen wärmte. Sie hatte sich dann eine bestellt. Sie hatte dann später im Supermarkt gesehen, dass sie dort um fünfzig Mark billiger war, aber das war ja nicht die gleiche. Dann las sie in der Radiozeitschrift, dass manchmal Kurzschlüsse auftraten und Verbrennungen entstanden. Da hatte sie die Decke dann doch lieber weggelegt.

Außerdem ging sie zu den Seniorennachmittagen in die Pfarrei, der Pfarrer las immer so schön vor, besonders mochte sie die Bibelstelle, wo es heißt:

„Das Leben wäret siebzig Jahre und wenn es köstlich gewesen ist, dann war es Müh und Arbeit."

Das konnte sie gut verstehen. Sie wusste aber nicht so richtig, ob es Gott gab. Ein Kollege von Willi hatte mal gesagt: „Hast du ihn schon mal gesehen?" und dabei gelacht. Aber es war doch irgendwie tröstlich, dass da jemand war, der auf einen schaute. Einmal wollte Willi aus der Kirche austreten, weil ihn die Kirchensteuern ärgerten. Aber das hatte sie nicht gewollt, so was tat man nicht, außerdem wer sollte dann die Beerdigung machen, und überhaupt, man wusste ja nie, was da so passierte. Nein, Gott war wichtig und auch die Kirche, da sah man doch immer Menschen, Frau Huber kam auch immer, und der Weihrauch und die Gebete, da fühlte man sich doch gleich besser. „Müh und Arbeit" ja das war das Leben, und das war „köstlich", ein Wort, das es nur in der Bibel gab.

Es war Herbst geworden, am Tag vor Allerseelen ging sie wieder auf den Friedhof, ihr schwarzer Mantel war noch ein wenig mehr abgetragen, fadenscheiniger. Ein Knopf war ihr verloren gegangen, und sie musste ihn durch einen ähnlichen ersetzen. Sie räumte die verwelkten Chrysanthemen fort, harkte den Boden und pflanzte das Heidekraut. Sie machte einen Kreis, in der Mitte einen weißen Buschen und vier rote darum herum. Sie stellte die große rote Kerze vor den Grabstein und zwei kleinere an die unteren Ecken, morgen würde sie sie anzünden, sie füllte auch das Weihwasserbecken wieder auf, morgen würde der Pfarrer über den Friedhof gehen und alle Gräber segnen, dann würde sie zur Allerseelenmesse gehen. Eigentlich war der Allerseelentag doch der schönste von allen, überall die roten flackernden Lichter, sie schienen aus dem Boden zu sprießen, als ob die vielen Seelen aus dem Dunkel der Erde leuchteten.

Diesmal war allerdings alles nicht so friedlich, obwohl die andern Frauen sich auch über die Gräber beugten, diesmal wurde gerade das Grab hinter Willis Grabstein aufgelassen, der Friedhofsgärtner werkelte mit seinem kleinen Traktor, das war laut. Sie wollte nicht daran denken, dass auch mal dieses Grab ausgehoben würde, ihre Knochen irgendwo hinkamen und jemand ganz anderes hier liegen würde. Sie schaute noch mal auf den grauen Grabstein, da standen Willis Geburtstag und sein Todestag. Als sie ihn bestellt hatte, hatte der Steinmetz ihr geraten, gleich ihren Namen darunter zu setzen mit dem Geburtsdatum.

„Das kommt dann bei Ihrem Begräbnis billiger", hatte er gesagt, und so sah sie immer seinen und ihren Namen vereint auf der Platte. Es war irgendwie, als ob der Tod sie nicht geschieden hätte.

Dann sah sie, dass sich irgendein hartnäckiges Unkraut ganz nahe am Stein eingenistet hatte, sie beugte sich danach, zog und grub ein bisschen. Dann geschah es.

Vielleicht war der Bagger gegen den Stein gestoßen oder das Erdreich hatte sich durch den vielen Regen gelockert. Der Stein fiel um und erschlug sie. So war sie wieder vereint mit Willi.

Sieben Jahre später gab Erwin das Grab auf.

„Wir haben ja die Erinnerungen an Mutter und Vater im Herzen, dafür brauchen wir kein Grab, und wann kommen wir schon nach München, außerdem können wir das Geld gut für was anderes gebrauchen."

Die Alleinige

Eine Büroangestellte verschwindet im Grau

Die Alleinige war nicht immer allein, auf der Straße, in den Läden, im Büro waren andere, jedoch ihr Leben lebte sie allein.

Des Morgens war ihr Wecker immer auf 6Uhr gestellt. Sie stieg aus dem Bett, schlüpfte in ihre Hausschuhe, zog den Bademantel an, der rechtwinklig auf dem Stuhl hing. Sie öffnete das Fenster ein wenig weiter und ging dann in die Küche, das Teewasser aufzusetzen. Auf dem kleinen Tisch lagen, schon am Abend hergerichtet, die Tasse, der Teller, die Serviette in dem Keramikring auf dem braunen Platzdeckchen mit der Spitzenumrandung, die Marmeladendose und der Zucker. Sie holte die Butter aus dem Kühlschrank und schnitt zwei Stück Brot mit der elektrischen Brotschneidemaschine, die ihr vor einigen Jahren ihre Schwester zu Weihnachten geschenkt hatte. Wenn das Teewasser kochte, übergoss sie den einen Beutel Tee in der Kanne, wartete noch drei Minuten, um ihn zu entfernen, stellte dann die Kanne exakt im rechten Winkel zur Tasse und ging ins Bad, wo sie sich ihr Gesicht wusch und möglichst unauffällig ihren Unterleib. Dann putzte sie die Zähne, spülte anschließend den Zahnputzbecher mit warmem Wasser aus und den Waschlappen. Sie vergewisserte sich, dass das Handtuch, der Waschlappen, die Zahnbürste gerade hingen und standen und wischte das Waschbecken aus. Dann ging sie zurück in ihr Schlafzimmer, hängte den Bademantel auf, zog ihr Nachthemd aus, das sie rechtwinklig faltete. Dann zog sie die Tageskleidung an, die Unterwäsche immer in weiß und sauber, schließlich hatte ihre Mutter sie doch immer wieder darauf hingewiesen, wie peinlich es sei, wenn man einen Unfall hätte und in ein Krankenhaus eingeliefert würde und wenn man dann einen Fleck oder ein Loch in der Unterhose hätte, so kontrollierte sie jeden Abend und zur Sicherheit noch mal am Morgen den Zustand ihres Büstenhalters, ihres Hemdes, ihres Schlüpfers. Sie trug stets einen Rock, gerade geschnitten, Knie bedeckt in den gedämpften Tönen von grau und blau. Dazu passend hatte sie sieben Blusen, die sie jeden Tag wechselte. Zwei graue, zwei blassblaue, zwei gedeckt weiße und einmal hatte sie sich sogar eine leichtrosafarbene gekauft, die sie allerdings nur bei besonderen Gelegenheiten anzog, wie etwa bei der Geburtstagsfeier des Chefs. Am Wochenende trug sie die älteren Sachen auf, den Rock mit dem kleinen Kaffeefleck, den ihr ein ungeschickter Lehrling appliziert hatte, und die Blusen, die am Hals und an den Bündchen schon leicht ausgefranst waren. Für die kältere Jahreszeit hatte sie auch zwei Wolljacken, eine grau, die andere blau, die sie abwechselnd trug. Da im Büro aber eine ständig gleich bleibende Temperatur zu jeder Jahreszeit war, so war dies mehr ein Merkzeichen für die Jahreszeit, denn eine Notwendigkeit. Ihre Strumpfhosen in dem üblichen Braun zog sie mit größter Vorsicht an und immer, wenn sie eine Laufmasche entdeckte, geriet sie in leichte Panik, da ihr wieder eine Ausgabe bevorstand. Niemals würde sie mit gestopften Strümpfen oder gar mit Laufmaschen ins Büro gehen, denn das würde dem Ansehen der Firma schaden. Ihre Schuhe waren vernünftig schwarz bis dunkelblau mit kleinem Absatz. Sie hatte zwei Paar, so dass sie immer genau kontrollieren konnte, wann die Absätze erneuert werden mussten. Jeden Abend beim Putzen kontrollierte sie ihren Zustand. Nach diesem Morgenritual setzte sie sich an den kleinen Küchentisch , zog die Serviette aus dem Ring , breitete sie auf ihrem Schoß aus, goss den Tee in die Tasse und gab einen Löffel Zucker hinzu. Dabei hatte sie immer ein kleines schlechtes Gewissen, da dies doch ein Luxus war. Sie strich sich die beiden Brote mit Butter und Marmelade, die sie immer aus den Sonderangeboten im Supermarkt bezog, und kaute dann bedächtig und versetzt mit kleinen Schlücken Tee ihre Mahlzeit. Auf die Minute genau um 7.30 zog sie sich im Sommer ihren leichten grauen Mantel und im Winter ihren dunkelblauen Wollmantel an. War im

119

Wetterbericht, den sie sich während des Frühstücks angehört hatte, Regen angesagt, so nahm sie ihren Schirm mit. Sie verließ ihre Wohnung, schloss zweimal ab und vergewisserte sich durch das Niederdrücken der Klinke, dass wirklich abgeschlossen war. Sie stieg die Treppe hinunter und falls sie einem anderen Mieter begegnete, murmelte sie ein kaum vernehmbares „Guten Morgen", ging dann die wenigen Schritte zur Straßenbahn, wo sie immer exakt fünf Minuten vor dem Termin ankam. Wenn die Straßenbahn sich etwas verspätete, fing ihr Herz an zu klopfen und ihre Hände wurden feucht.

Einmal kam die Straßenbahn gar nicht wegen eines Verkehrsunfalls, wegen einer Demonstration, wegen was immer die Verkehrsgötter an Unheil über die Menschen bringen. Ihr Körper versteifte sich von Minute zu Minute, ihre Hände verkrampften sich in den Manteltaschen, sie glaubte, die Welt verschwände in einem riesigen Loch, sie konnte sich nicht bewegen und hatte keinen Gedanken mehr. Als schließlich die Bahn kam, gelang es ihr nur mit größter Mühe einzusteigen. Sie erwartete im Büro das Schlimmste, nicht Benennbare, die Katastrophe an sich. Zwar kamen auch alle anderen zu spät, aber sie erwartete den ganzen Tag und noch Tage danach, dass man sie zur Rechenschaft ziehen würde, dass sie getadelt, beschämt würde, dass das Leben zu Ende wäre. Sie sprach nie über diesen Tag, aber er blieb eine geheime Wunde, eine Schuld, die ihren Eiterherd niemals verlor.

Gewöhnlich war sie genau zu Dienstbeginn im Büro, mit einem fast stummen Gruß ging sie zu ihrem Arbeitsplatz, die Kollegen sahen sie nicht kommen und sagten untereinander:
„Wir wissen eigentlich nie, wann sie da ist, aber sie ist immer da so wie der Gummibaum und die Papierkörbe."
Früher war ihre erste Handlung das Entfernen der Schutzhülle von ihrer Schreibmaschine, sie vermisste diesen Handgriff noch immer, jetzt musste sie den Computer anstellen. Die Einführung dieses Geräts war eines der schlimmen Dinge. Sie hatte sich gefürchtet, alles war anders, die Knöpfe , die Tasten, verwirrende Befehle mussten gegeben werden, einige Kolleginnen hatten sich anfänglich gegen die Umstellung geweigert, sie nicht, Verweigerung durfte es nicht geben, aber die schrecklichen Momente, wenn auf dem Bildschirm nichts geschah oder etwas völlig Unerwartetes, oder plötzlich alles verschwand. Jedoch sie hatte es gelernt, doch noch heute vermisste sie den gewohnten GrIff zur Plastikhülle.

Sie war nicht unkollegial, wenn sich jemand etwas leihen wollte, einen Locher oder einen Kugelschreiber, so gab sie es, aber wenn es nicht in ein paar Stunden zurück gebracht wurde, so schaute sie mehrmals zu dem Kollegen hin, und wenn es am nächsten Tag noch immer nicht zu ihr zurückgekehrt war, dann legte sie einen kleinen Zettel auf seinen Arbeitsplatz mit der Aufforderung in ihrer akkuraten Schrift:

„Bitte bringen Sie den Locher, den Radiergummi - oder was immer es war - zurück."

Wenn auch dies nichts nützte, so schwieg sie und lieh der Person nie wieder etwas. Die Dinge, die sie so verlor, forderte sie niemals von der Materialbeschaffungsstelle ein, schließlich wollte sie ja nicht in den Ruf kommen, Büromaterial zu verschwenden, sondern sie ersetzte sie aus der eigenen Tasche.

Wenn im Büro gefeiert wurde, war sie immer dabei, auch dies gehörte zu den Berufspflichten. Es kam schon mal vor, dass ein Kollege vergaß, sie einzuladen, weil er sie gar nicht wahrnahm, aber da gab es immer eine Vollbusige im großgeblümten Kleid, die fragte, „Haben Sie auch Frau Müller eingeladen?"

Eigentlich hieß sie nicht Müller, auf ihrem Türschild stand Kurz, doch irgendwer hatte irgendwann sie als Lieschen Müller bezeichnet, als die Durchschnittliche und Immerfleißige, und aus diesem Spitznamen war die reguläre Bezeichnung für sie geworden, so dass sie selber schon glaubte, dass sie wohl Frau Müller sei.

Einmal nach einigen Gläschen Sekt und ein paar Kognak dazwischen beugte sich ein Kollege zu ihr hinüber:

„Na, Lieschen, wie wär es denn, wenn wir nach all diesen langen Jahren mal Duzbrüderschaft tränken?"

Sie roch seinen Alkoholatem und sah die grauen Poren in seinem Gesicht, sie drückte sich ganz eng an die Stuhllehne, soweit fort, wie es nur ging, ihr ganzer Körper wurde steif, ihre Augenlider flatterten und sie stieß einen entsetzten kleinen Laut aus. Selbst durch die Alkoholdämpfe nahm der Kollege ihren Schrecken war. Mit einem verlegenen Lachen wandte er sich ab und von ihr fort:

„Dann eben nicht du alte Schachtel."

Sie sprach nie wieder ein Wort mit ihm und wich ihm, wenn sie ihm auf dem Gang begegnete, weiträumig aus, so dass sie manchmal ganz an die Wand gedrückt war. Sie wusste selbst nicht, warum sie dies tat, denn an das „Schreckliche" ließ sie keine Erinnerung zu.

Ihre Abende waren geordnet wie ihre Tage. Zuerst lüftete sie die Wohnung, vertauschte die Bürokleidung mit den alten Sachen, zog die bequemen Pantoffeln an, wusch ihre Bluse und hängte sie über die Badewanne. Dann kochte sie sich einen Kräutertee und strich sich zwei Butterbrote, eins mit Wurst und eins mit Käse. Während sie ihr Abendmahl verzehrte, stellte sie das Radio ein, alte Schlager hörte sie am liebsten. Dann säuberte sie die Küche, den Tisch, die Spüle, den Herd, wischte den Boden und legte das Frühstücksgedeck auf. Danach war Feierabend, sie stopfte, wenn es was zu stopfen gab, und jeden zweiten Abend bügelte sie ihre Blusen, alle andere Wäsche wurde am Samstag gemacht. Danach sah sie ein wenig fern, der Apparat war ein altes Modell ohne Fernbedienung, es hatte einmal ihren Eltern gehört und war sozusagen ein Erbstück. Ihre Schwester hatte ihn nicht haben wollen. Am liebsten sah sie die Sendungen mit der volkstümlichen Musik, ihr gefielen die Lieder, manchmal summte sie sogar leise mit. Die schönen Bilder von Bergen, Seen, Wäldern im Hintergrund, gefielen ihr sehr und erinnerten sie an die Kur, die sie einmal in Bad Aibling gemacht hatte. Sie wusste, dass Landschaft so ist, blau und grün und voll Sonnenschein. Um 21.30 machte sie sich für die Nacht fertig, sie vergewisserte sich, dass die Wohnungstür zweimal abgeschlossen war, und alle Fenster verriegelt waren , dann durchlief sie das Ritual des Ausziehens, das Herrichten der Kleidungstücke für den nächsten Tag , das gründliche Putzen der Zähne, der Säuberung des Gesichts, der Hände , die versteckte Reinigung der Achselhöhlen und des Unterleibs. Um zehn Uhr stellte sie dann den Wecker auf 6.Uhr und löschte das Licht. So vergingen die Werktage nach festem Plan, an den Samstagen kaufte sie für die

Woche ein, immer die günstigsten Angebote aus dem Supermarkt, für das Sonntagsfrühstück leistete sie sich ein Ei und einen Fruchtjoghurt, sie reinigte die gesamte Wohnung, wusch ihre Wäsche und bügelte, dabei sah sie gern einen alten Film im Fernsehen oder auch mal eine der Seifenopern, jedoch begriff sie meistens nicht, was der Inhalt der Story ist, aber sie hatte den vagen Eindruck, dass die große Welt voller Intrigen sei..

Der Sonntag gehörte eigentlich der Familie, nach dem Frühstück, bei dem sie einem Gottesdienst im Radio abspielte - schließlich gehörte dies ja zum Sonntag, überprüfte sie noch einmal ihre Kleidung, inspizierte die gesamte Wohnung auf Sauberkeit und Ordnung und machte sich um 11 auf den Weg zu ihrer Schwester, die in einem weiter entfernten Stadtteil wohnte. Es war Tradition, dass sie bei ihr und ihrer Familie am Sonntag zum Mittagessen war.

„Wir müssen sie schon einladen", hatte ihre Schwester ihrem Mann und den zwei Kindern erklärt, „sie hat ja sonst niemanden."

Der Mann hatte nur hinter seiner Fußballzeitung gegrummelt, während die Buben je älter sie wurden, sagten:

„ Ach sie ist so langweilig, muss sie denn wirklich jeden Sonntag kommen?"

Einmal hatte die Schwester sie gefragt, ob sie nicht

mal einen Abend auf die Buben aufpassen könnte. Sie hatte Theaterkarten geschenkt bekommen und ihren Mann überredet mit ihr zu gehen. Aber die Vorstellung, auf die Buben aufzupassen, war zu viel

„Diese Verantwortung kann ich nicht auf mich nehmen, wenn da was passiert, nein, das kann ich nicht."

Die Schwester versuchte sie zu überreden, bat sie, ihr den Gefallen zu tun, sie käme doch nie aus dem Haus und wo doch sogar der Ernst bereit wäre, mit zu kommen .... aber nichts half.

„Nein, wirklich, das kann ich nicht, was sollte ich denn tun, wenn was passiert."

Seitdem war das Mitgefühl der Schwester reduziert und häufiger wurde jetzt gesagt:

„Also nächsten Sonntag sind wir nicht hier - da kannst du denn nicht kommen."

Und im Verlauf der Zeit war es nur noch manchmal oder zu Weihnachten, dann fuhren sie mal zu seinen Eltern oder sogar zum Wintersport. Und Ostern waren sie in Mallorca, schließlich blieben nur noch die schlechte-Gewissen-Einladungen so zweimal im Jahr.

So entstand ein Loch das sie mühsam füllte, Spaziergänge im Park, Museumsbesuche, wenn der Eintritt frei war, Stunden vor dem Fernseher. Irgendwie zerfloss die Zeit um sie - die Ritualschritte ihres Daseins waren von grauer Mechanik. Im Spiegel hatte sie nur noch ein Schattenbild von sich. Irgendwann vergaß sie die Einkäufe am Samstag, während sie die

Waschmaschine noch automatisch füllte, die Wäsche trocknete, aber es passierte schon, dass sie ein Stück dreimal bügelte, ohne es zu merken. In der Arbeit verschmolz sie mehr und mehr mit den staubigen Grünpflanzen, dem Metalischgrau der Computer, dem ausgelaugten Braun der Büromöbel. Eines Morgens sah sie im Spiegel nicht mal mehr einen Schatten von sich, im Büro war noch einige Zeit etwas wie ein Dunst zu sehen, ein Nebel, der sich bewegte. Irgendwann stellte man fest, dass sie nicht mehr da war, erst vermutete man eine Krankheit, aber sie war nie vorher krank gewesen, und es lag keine Meldung vor. Schließlich schickte man jemand zu ihrer Wohnung, niemand meldete sich auf das Klingeln, und die Nachbarn sagten, dass sie sie schon seit Wochen nicht gesehen hätten. Als man die Tür aufbrach, war zwar der Geruch etwas muffig, aber alles in akkurater Ordnung, keine Lebensmittel schimmelten im Kühlschrank, das Bett war sauber bezogen und gemacht, die Kleider hingen ordentlich im Schrank, nur sie, die Alleinige, war nicht mehr zu sehen.

Das ewig gackernde Haushuhn

Über die Freuden erfüllter Pflichten

Sie lief in dem langen Viereck des Hühnerhofes von einer Ecke zur anderen, in der Diagonalen und in der Graden. Sie blieb abrupt stehen, kratzte in der Asche des Bodens, stieß den Schnabel in die Erde, pickte dreimal hektisch und warf den Kopf nach oben, aber sie sah den Himmel kaum, schon wieder zuckte der Kopf nach unten. Sie ließ Wasser durch die Kehle rinnen, unten, oben, rechts, links, scharren, picken, trinken. Dann plusterte sie sich auf, pickte sich die Federn zurecht und setzte sich in dem dunklen müffelnden Stall auf das Nest, sie schloss die Augen, die weißen Lider sanken, noch ein kurzes Gepicke, um die Federn in die richtige Ordnung zu bringen, dann Ruhe, Stille. In ihrem Innern aber begann es sich zu bilden, über dem glibberigen Gelee wuchs eine harte weiße Schale. Es drängte zum Ausgang, es stieß sich hervor. Dann fühlte das Haushuhn, dass ihr Produkt unter ihren Federn lag, warm und hart. Sie streckte sich auf ihre Beine, ihre Krallen scharrten im Stroh und sie fing laut an zu gackern. Das Werk war getan. Dann schritt sie mit hohem Geschrei in den Hof, nahm ein Schlückchen Wasser, blickte zum Himmel, pickte in den Sand, rannte von einer Ecke zur nächsten, mal rechts, mal links, mal diagonal, flatterte ein wenig hoch, um den anderen Hühnern auszuweichen, aber landete immer gleich wieder auf dem Boden.

Es gab eine, die flog höher, und irgendwann landete sie auf dem Rand des Maschendrahtes, diese wollte die Umfriedung verlassen und dorthin, was hinter den Gittern lag, in die Weite, in die Ferne, in der es Hunde, Füchse und viele unnennbare Gefahren gab, auch keine Regelmäßigkeit der Nahrung, kein Mais, kein Korn. Unser Haushuhn war froh, dass ihre Flügel beschnitten und nicht nachgewachsen waren. Sie hatte ihren Frieden, manchmal besprang sie der Hahn und verbiss sich in ihrem Kopf, manchmal blutete sie durch das Kopfgefieder. Er drang kurz in sie ein, dann plusterte sie sich, gackerte ein wenig und scharrte in der Erde.

Die Hausfrau war beschäftigt. Sie putzte die Fenster, sie staubte die Regale ab, sie bügelte die Unterhosen und stapelte sie Lage auf Lage, Ecke auf Ecke in den Wäscheschrank. Sie wischte jeden Winkel auf, fuhr mit dem Staubsauger von einer Wand zur anderen. Sie reinigte den Kühlschrank und leerte die Mülleimer. Tag für Tag, Woche für Woche. Wenn sie ein Werk getan hatte, freute sie sich, und begann am nächsten Tag aufs Neue, den Dreck zu entfernen, die Ordnung herzustellen. Sie kochte Marmelade ein, begann im

Mai mit Rhabarber und hörte im Herbst mit Brombeeren auf. Es reihten sich die Gläser auf den Regalen, ordentlich beschriftet nach Obstsorte und Datum.

Zu Weihnachten backte sie fünfzehn verschiedene Sorten Plätzchen, mit Mandeln, Zimt, Kokosnuss, Vanille, Haselnüssen, Marmelade, Schokolade. Sie knetete, rollte aus, stach Formen, Sterne, Monde, Bäume, sie lackierte sie mit weißem oder rotem Zuckerguss, oder überzog sie mit bunten Streuseln, oder legte eine Maraschinokirsche hinauf. Sie häufte kleine Scheiterhaufen auf, die mit Hasel- oder Walnüssen garniert wurden. Sie rollte Würste, die sie dann zerschnitt und in Halbmonde formte, diese wurden nach dem Backen mit Puderzucker bestreut. Sie probierte immer mal wieder was Neues aus, so wie es die Frauenzeitschriften anboten.

An den gewöhnlichen Tagen aßen sie vom schlichten Geschirr, das auf bunten Platzdeckchen stand. Am Sonntag wurde das weiße Leinen aufgelegt und die Teller mit dem Goldrand. Zu den Festen wurde der Tisch geschmückt mit Porzellanosterhasen, die besonders hübsch mit den Eierbechern in Kükenform harmonierten, mit glitzernden Weihnachtsmännern, an den Geburtstagen gab es Blumensträuße und eine große bunte Torte mit Kerzen in wechselnder Zahl, so wie die Jahre vergingen.

Einmal in der Woche besuchten sich reihum die Freundinnen. Sie nannten sich die Viererbande, weil sie das so lustig fanden, sie wussten aber nicht, woher dieses Wort stammte, für sie hörte sich das so wie eine Verschwörung aus dem Mädchenpensionat an. Wenn sie als Gastgeberin dran war, dann backte sie zwei Torten, mal war es eine Zitronenschaumkreation, dann eine Quarktorte, je nach Jahreszeit mit frischen Aprikosen oder in Rum eingelegten Rosinen, oder eine Biskuittorte mit Kastanien und Schokoladencreme oder Biskuitrouladen, gefüllt mit Marzipan, ein Zwetschgenkuchen, dick bestreut mit Zimt und Mandelsplitter, alles wohlversehen mit Butter und Eiern, dazu gab es noch einen etwas trockeneren Kuchen einen Napfkuchen mit Schokoladenstückchen oder kandierten Früchten, oder einen Dattelkuchen oder einen Kranzkuchen, überzogen mit Kirsch-marmelade und Schokoladenglasur. Die Schlagsahne stand steif in der blauen Schale. Es musste immer sehr reichlich sein, da ließ sie sich nicht lumpen, und alles, was übrig blieb, wurde eingefroren, am Sonntag aß es dann die Familie.

Vor dem Besuch hatte sie selbstverständlich gründlich geputzt. War sie eingeladen, so probierte sie kritisch das Gebäck der Anderen, und wenn diese nicht hinsah, fuhr sie auch mal mit dem Finger über die Oberkante der Schränke, um zu prüfen, ob auch nirgendwo Staub lag. In das Innere de Schränke zu schauen, wäre ja nun wirklich unhöflich gewesen.

Sie redeten und redeten, bewunderten die neuen Gardinen, die neue Sitzgarnitur, die veränderte Haarfrisur oder die schicke Bluse. Leise knisterten die glänzenden Polyesterstoffe über Busen und Po. Sie tauschten Rezepte aus, aber am liebsten die Geschichten über andere, die nicht dabei waren.

„Stellt euch vor, die Frau Niemetz putzt ihre Fenster nur alle drei Monate, wenn überhaupt. Und wie ihr Vorgarten aussieht, das reinste Unkrautbeet. Da würde ich mich ja vor allen genieren."

„Also meine Nachbarin, da kommt immer am Morgen ein junger Mann, wenn die Kinder in der Schule und der Mann im Büro ist. Sie sagt, das wäre ihr Masseur wegen ihrer Rückenschmerzen. Aber wer das glaubt, wird selig."

Alle kicherten: „Na, der wird auch noch was anderes massieren außer ihren Rücken."

Und eine, die Frechste von ihnen, sagte sogar: „Das hätte ich auch gern, so einen Masseur."

Nach solchen Äußerungen wurde besonders laut gejuchzt. Genüsslich mit einem Stückchen Torte auf der Gabel bedauerten sie das traurige Schicksal des Hochadels, sie liebten besonders die Unglücksfälle, die Fehlgeburten, den plötzlichen Kindstod, die tödlichen Autounfälle, und berieten sich eingehend, wen Prinzessin Marie Luise als nächstes heiraten sollte. Es wurde aber auch über Privates gesprochen, zum Beispiel über die neuesten Diäten, jede versprach ein Wunder, ob man nur hart gekochte Eier oder Sauerkraut aß oder einen Multivitamintrunk mit allen Spurenelementen in sich goss, alle wirkten innerhalb acht Tagen und versprachen ein glückseliges Leben. Nur sollte man damit nicht gerade jetzt anfangen.

„Du musst dir auch mal was gönnen, schließlich ist das Leben kurz", wurde dann derjenigen gesagt, die gerade heroisch am Morgen nur mit einem Glas Mineralwasser gefrühstückt hatte. „Außerdem bist du doch gar nicht zu dick, Männer mögen doch Mollige."

Insgeheim aber dachten sie: „Na ja, die hat es wirklich nötig."

Und sie pressten ihren Bauch unter dem Mieder zusammen. Selbstverständlich probierten sie alle Diäten aus, aber doch nicht dann, wenn sie sich trafen, wo die Gastgeberin sich doch so viel Mühe mit all dem Kuchen gemacht hatte, das wäre ja wirklich unhöflich. Als Abschluss gab es noch ein, zwei Likörchen und dann gingen alle fröhlich nach Haus.

"Bis in einer Woche!" „Dann kommt ihr zu mir."

„Aber mach dir nicht so viel Mühe, wir sollten ja alle nicht so viel essen."

Das war natürlich eine Empfehlung, die nie beachtet wurde.

Das Haushuhn kam in den Brütungsmodus. Waren

bislang ihre Produkte immer auf unerklärliche Weise verschwunden, so lagen sie jetzt versteckt im Stroh. Zehn Stück waren es, sechs waren weiß und vier braun gesprenkelt. Zwei fingen an, nach einiger Zeit zu stinken, sie wurden von dem höheren Wesen, das immer die Körner brachte, entfernt. Sie saß auf ihrem Nest und gluckte, warm waren die Eier. Nur selten verließ sie es, nur um ein Schlückchen Wasser zu trinken und ein paar Körner aufzunehmen. So vergingen Tage und Wochen. Dann spürte sie ein leises Pochen, ein Picken, und aus dem ersten Ei kam etwas Feuchtes, Gelbes, Strubbeliges, ein Küken und dann noch eins und noch eins und noch eins. Als alle geschlüpft und die zarten Federn trocken waren, führte sie ihre Schar über die Stiege in den Hof. „Seht, seht!", schien sie zu gackern, „seht, was ich da vollbracht habe."

Die anderen Hennen schauten kurz hin, der Hahn beachtete sie gar nicht, alle gingen ihren Geschäften nach, aber das Haushuhn plusterte sich, gackerte ihrer Schar zu, die piepsend um sie herum wuselte. So wie sich eines aus dem engen Radius entfernte, gluckste das Haushuhn laut, und gehorsam kam der kleine Ausreißer zurück. Manchmal musste sie einem schon einen Schnabelhieb verpassen, wenn es gar zu weit vom rechten Weg abwich. Sie führte ihnen vor, wie man scharrte, pickte, trank und alle gerieten wohl. Es waren sechs Hühner und zwei Hähne. Das höhere Wesen allerdings nahm die Hähne, kaum waren sie etwas gewachsen mit sich, wohin auch immer. Aber die Hennen wuchsen heran und begannen ebenfalls Eier zu legen, sie gackerten wie die Mutter, scharrten, pickten, schluckten, schauten kurz zum Himmel und meistens auf die Erde. Noch dreimal sollte sie dies unendliche Glück erleben, wie langsam etwas unter ihr entstand, das Form und Stimme bekam, eine Schar, die folgte, für die sie sorgte.

Die Hausfrau hatte Kinder, zwei, in der richtigen Reihenfolge, erst ein Junge, dann ein Mädchen. Es hätte auch ruhig umgekehrt sein können, dann hätte das Mädchen immer auf ihren kleinen Bruder aufpassen können, aber so war es auch gut. Sie bedauerte die Frauen, die nur Mädchen hatten, das war ein wenig dürftig, aber auch nur Buben wäre nicht recht, dann hätte man ja nichts fürs Herz.
Der Bub sollte mal tüchtig werden, in seinem Beruf was leisten, da musste man hinterher sein, beim Mädchen musste man nur aufpassen, dass sie einen guten Mann bekam, sicher sollte sie auch eine Berufsausbildung haben, das war ja heute selbstverständlich, man wusste ja nie was passierte, wo heute die Ehen so unsicher waren. Sie sollte schon

irgendetwas lernen, was sie später gebrauchen konnte.

Zwei Kinder und die Sorgen mit ihnen war genug, heute konnte man sich finanziell schon nicht mehr leisten und auch nur so konnte man sie bestens fördern. Ein Kind war natürlich zu wenig, die wurden so verwöhnt, kleine Paschas und Prinzessinnen waren das, die lernten ja nie zu teilen. So war alles in Ordnung.

Sie machte sich viele Gedanken um die Förderung ihrer Kinder. Sie durften nur die Kindersendungen im Fernsehen sehen, bekamen all die Märchenkassetten, und sie ging mit ihnen zum Babyturnen. Dann lernten sie mit drei Jahren Schwimmen, und sie kamen in einen guten Kindergarten in ihrem Viertel. In der Schule wurde es dann ein bisschen schwierig, der Bub lernte so langsam, aber sie übte mit ihm jeden Tag und so begriff er die Rechtschreibung, das Rechnen, die Uhrzeit. Ins Judo ging er nicht so gern, aber darauf bestand sie, ein Mann muss kämpfen lernen. Mit dem Mädchen war alles einfacher, sie machte brav ihre Hausaufgaben und ging gerne in die Ballettstunden.

Als dann Englisch als Fremdsprache dazu kam, belegte die Hausfrau einen Englischkurs an der Volkshochschule. Ihr Schulenglisch war ihr ziemlich entfallen, aber jetzt konnte sie ihrem Sohn doch helfen, sie fragte ihn immer die Vokabeln ab und verbesserte seine Aussprache. Sie bildete sich überhaupt gern fort, so war sie auch in dem Kurs über gesunde Ernährung gewesen und hatte dann versucht, die Essgewohnheiten zu ändern. Es gab vor jeder Mahlzeit einen frischen Salat, und dann machte sie Dinkellaibchen oder Steaks aus Tofu. Da hatten aber der Mann und der Sohn gestreikt.

„Wir sind keine Kaninchen", hatten sie gesagt.

„Ich will wieder Pommes und Fischstäbchen", hatte der Sohn gemault.

Aber jetzt achtete sie immer noch darauf, dass sie möglichst ungesättigte Fette verwendete, und es gab immer Fruchtjoghurts mit viel Vitaminen darinnen. Der Sohn bekam auch ein paar Tabletten, um seine Aufmerksamkeit in der Schule zu stärken, und wenn das Mädchen Angst hatte vor einer Schulaufgabe, gab sie ihr ein leichtes Beruhigungsmittel. So lief alles ganz gut.

Sie fand die Kleider, die die Kinder unbedingt haben wollten, zwar grässlich, Baseballkappen, die verkehrt herum aufgesetzt wurden, so dass der Gummizug tief in die Stirn schnitt, Sweatshirts in Übergröße, aus denen die staksigen Arme hervorlugten, Hosen, in welche die kleinen Körper zweimal passten, Turnschuhe mit schleifenden Schnürbändern: „Kind, darüber fällst du doch gleich", aber da alle mit Markenturnschuhen, in Marken-Jeans und Designerpullovern herumliefen, musste sie diese Kleidungsstücke selbstverständlich auch kaufen, sonst wären ja ihre Kinder Außenseiter gewesen, von den Anderen gehänselt, nein, das durfte nicht sein. Auch wenn eine neue Mode aufkam, Gameboy, Tamagotschi oder eine glibbrige grüne Paste, mit der man überall herumkneten und die man überall ankleben konnte, gab sie ihnen über das normale Taschengeld etwas dazu, sie sollten ja nichts vermissen. Ihre Eltern hatten ihr oft die Wünsche nicht erfüllt, aber ihre Kinder sollten es besser haben.

Ihre Ehe lief auch gut. Sie hatten ein Abonnement fürs Theater, und sie gingen jeden Monat einmal hin. Manchmal konnte er nicht, weil er zu müde war, oder im Geschäft etwas los war. Das war dann nicht so schön, sie nahm dann eine Freundin mit, aber etwas fehlte, zum Theaterbesuch gehörten nun mal die neu gestylte Frisur, die Seidenbluse, die Perlenkette, der lange schwarze Rock, die Lackschuhe und der frisch rasierte Mann. Es gab ja sogar Frauen, die ganz allein ins Theater gingen, aber das musste doch gar keinen Spaß machen. Ihre Freundinnen meinten, das wären die, welche keinen abbekommen hätten, oder gar solche Emanzen, über die wurde immer gelacht. Feministinnen sagten sie nie, denn das musste ein ganz dreckiges Wort sein.

Am liebsten ging sie ja in die Musicals, da konnte sie so richtig in der Musik versinken, und manches war so schön traurig. Aber Goethe und Schiller mussten auch sein, schließlich war sie ja gebildet. Aber warum diese Aufführungen immer so modern sein mussten mit Ledermänteln und Knobelbechern, wo doch die alten Kostüme so viel schöner waren, und zu dem noch immer wieder Nackte, das fand sie gar nicht gut. Mit ihren Kindern ging sie vor Weihnachten immer in die Oper zu „Hänsel und Gretel". Auch die Kinder sollten sich schon früh an Kultur gewöhnen.

In den Ferien fuhren sie gemeinsam fort, immer an einen Strand im Süden. Zuerst war es Catolica, so eine kleine Pension, in der man sie jedes Mal herzlich begrüßte. Sie kannte am Ort alles, die Pizzeria und den Mac Donalds. Aber dann wurde Italien zu teuer, und sie fuhren einmal nach Mykonos, das war zwar schön dort, aber alles so steil und zu wenig Sandstrand, außerdem mochte sie das griechische Essen nicht so sehr, aber auch dort gab es eine Pizzeria und einen Mac Donalds. Dann fuhren sie in die Türkei, einige Jahre, doch dann waren dort diese Terroristen, und die Kinder wollten sowieso etwas anderes machen. Diese Ferien waren immer sehr schön, die Leute waren so freundlich, alle sprachen deutsch, es gab deutsches Bier, die Sonne schien immer, na ja, sie bekam jedes Mal einen Sonnenbrand, und die Tochter wurde arg von den Mücken gestochen, aber im ganzen war das doch schön. Der Mann konnte in Ruhe seine deutsche Zeitung lesen und manchmal lieh er sich ein Auto aus, und sie machten Ausflüge in die Umgebung, da gab es auch immer Kultur, so Ausgrabungen und Kirchen, die musste man ja gesehen haben. Außerdem machte ihr Mann einen Videofilm, den sie dann ihren Freundinnen vorführte: „Da sind wir vor unserem Hotel" – „Das ist Monika im Schwimmbad" – „Da reitet Patrick auf einem Esel." Die Freundinnen konnten Ähnliches vorführen, so dass es ihnen manchmal etwas lang erschien.

Als die Kinder zwölf, dreizehn waren, wurde alles etwas schwieriger. Der Junge war in der Schule gar nicht gut, er war schrecklich faul und statt seine Hausaufgaben zu machen, lag er auf seinem Bett, las Comics und hörte schrecklich laute Musik. Sie kaufte ihm einen Kopfhörer und einen Computer, das war jetzt wichtig für die Ausbildung und außerdem war ein Rechtschreibprogramm dabei, das ihm ja bei seinen Hausaufgaben helfen konnte. Er saß auch viel davor und spielte irgendwelche Spiele, in denen irgendetwas abgeschossen wurde und explodierte. Erst dachte sie, dass solche Spiele vielleicht etwas zu grausam sind, aber der Junge musste ja mal zur Bundeswehr und dafür war das ja eine gute Übung.

Das Mädchen wollte auch einen Computer, aber das fand die Mutter nicht notwendig. Sie schenkte ihr eine gute Schreibmaschine, so eine wie sie sich selber in ihrer Jugend immer gewünscht und nie bekommen hatte, außerdem wollte sie ja gerecht sein und kein Kind bevorzugen. Aber die Tochter war damit gar nicht zufrieden.

„Wer schreibt denn heute noch auf einer Schreibmaschine!" Und dann war sie sogar in den Laden gegangen, hatte die Schreibmaschine zurückgegeben und noch was draufgezahlt von dem Geld, das sie sich mit Babysitten verdient hatte und einen gebrauchten Computer gekauft. Kinder waren eben undankbar.

Von ihrem Sohn verlangte sie für all diese Geschenke, dass er mehr für die Schule tun sollte. Aber er gehorchte ihr nicht mehr so richtig, sie wollte den Vater dafür einspannen, aber der sagte nur: „Die Kinder sind deine Sache."

Sie ging auch immer zu den Elternsprechtagen und sagte zu den Lehrern:

„Er ist ja intelligent, aber ist jetzt gerade in einer schwierigen Zeit."

Er kam immer so gerade noch durch. Die Tochter machte da keine Probleme, sie war eben ordentlich und fleißig. Ihre Lehrerin sagte sogar, sie wäre intelligent. Aber da sagte sie nur: „Hoffentlich nicht so sehr", sie lachte. „Männer mögen das nicht, wenn Frauen zu klug sind."

Aber sie war ja sonst ein ganz normales Mädchen, sie ging jeden Samstag wie ihre Freundinnen auch auf den Reiterhof und hatte in ihrem Zimmer überall Pferdebilder hängen und dazwischen den Popstar, der gerade in Mode war. Der Junge wollte unbedingt ein

Mofa haben, aber das war ihr zu gefährlich. Dann kam er eines Tages mit zerrissenen Jeans und einigen blutigen Schrammen nach Hause, er hatte sich das Mofa seines Freundes ausgeliehen und es gegen einen Baum gesetzt. Das Mofa war hin, aber er hatte sich zum Glück nicht sehr verletzt. Der Vater musste das Mofa bezahlen, er schimpfte ziemlich ausführlich.

„Nichts als Kosten hat man mit den Kindern!"

Ihre Freundinnen rieten ihr, dass der Sohn doch einige Übungsstunden nehmen sollte, dann könnte er sicher fahren, er würde es ja sonst doch heimlich tun. Die ganze Familie legte zusammen, auch die Großeltern gaben etwas dazu, und so bekam er sein Mofa, aber sie hatte immer Angst, wenn er nicht rechtzeitig zu Hause war, aber das gehörte ja zu einem Jungen: Gefahr und Abenteuer. Als die Tochter auch ein Mofa wollte, hatte sie gesagt:

„Das kommt gar nicht in Frage, das können wir uns nicht leisten. Du hast doch dein Fahrrad."

Die Tochter war in ihr Zimmer gerannt und hatte geheult, und beim Abendessen kein Wort gesagt, aber sie war auch in diesem schwierigen Alter. Da musste man halt durch, ihre Freundinnen sagten das auch. Und dann kamen diese Partys und die Diskos, die Tochter musste immer um zehn zu Hause sein, und dann mit sechzehn durfte sie bis zwölf bleiben, und die Mutter blieb immer bis dahin auf, auch wenn sie vor dem Fernseher einschlief. Der Junge hielt sich sowieso nicht an die Gebote, sie versuchte mit ihrem Mann darüber zu reden:

„Wenn er nun in schlechte Gesellschaft kommt. Man hört doch so viel von Rauschgift und so."

Der Vater brummte etwas hinter seiner Zeitung:

„Wenn du ihn richtig erzogen hast, wird er schon wissen, was er macht. Aber wahrscheinlich hätte er früher mal eine richtige Tracht Prügel gebraucht, das hat mir früher auch nicht geschadet."

Sie fühlte sich von ihm allein gelassen und ihr war alles ein wenig zu viel. Der Arzt, zu dem sie ging, sagte nur:

„Liebe Frau, sie werden älter, da ist der Lack halt ab."

Sie schaute ihn an, auf seiner Kopfhaut mit den fahlgrauen Strähnen sah sie die großen Sommersprossen, die Tränensäcke hingen ihm schwer unter den Augen und auf seinen Händen sprangen die blauen Adern und kreisten die Altersflecken. Aber bei einem Mann ist der Lack nie ab, dieses Geschlecht ist aus rostfreiem Stahl gemacht.

„Nehmen Sie ein paar Tabletten, diese hier am Abend, da schlafen Sie gut, und diese am Morgen, dann sind Sie putzmunter."

Sie nahm die Tabletten, aber putzmunter fühlte sie sich nie, aber ohne die Pillen wäre bestimmt alles noch viel schlechter. Ihre Freundinnen rieten ihr:

„Du musst mal was für dich tun, einfach nur zum Spaß."

Sie ging ja schon jede Woche einmal auf den Tennis-

143

platz. Der Club war wichtig, auch wegen der geschäftlichen Kontakte für ihren Mann, aber jetzt sollte sie mal was ganz anderes machen, Töpfern wollte sie nicht, da wurden die Hände so dreckig, außerdem war es so ähnlich wie Kuchenbacken, da machte sie schon lieber Seidenmalerei, da kamen so hübsche Dinge dabei heraus, und sie hatte immer ein Geschenk für die Freundinnen und für die Schwiegermutter. Außerdem gab die Kursleiterin gute Ratschläge:

„Wenn Sie sich schlecht fühlen, dann tragen Sie was Gelbes, dann kommt die Sonne in ihr Herz."

Oder: „Wenn Sie sich müde fühlen, dann nehmen Sie was Grünes, dann strömt die Kraft der Erde in Sie hinein."

Und mit diesen Tüchern fühlte sie sich schon gleich viel besser.

Als das Haushuhn dreimal gegluckt hatte, fühlte es sich ein wenig müde. Es lag gern im Halbschatten in der sandigen Kuhle, schloss die Augen und ließ die Flügel in die weiche Erde fallen. Selten noch verkündete es mit lautem Gegacker seine Produktion.

Seine Nachkommenschaft war zum Teil nicht mehr da, das höhere Wesen hatte sie aus dem Hühnerhof getragen, etwas zappelnd und mit aufgeregtem Gegacker waren sie verschwunden.

Wer von den anderen Hennen nun eigentlich einmal aus ihren Eiern geschlüpft war, wusste sie nicht mehr. Sie waren ja eigentlich immer alle da gewesen, oder nicht?

Ein neuer Hahn war gekommen, der alte weiße wurde bei den Flügeln gepackt, er hatte versucht, wild um sich zu schlagen und mit seinem Schnabel auszuschlagen, aber er hatte dann einen Schlag auf den Kopf bekommen und hing still zwischen den Händen, die sonst die Körner ausstreuten. Jetzt war ein bunter da, er spreizte sein braunrotes Gefieder, seine langen schwarzen Schwanzfedern schillerten blau und violett in der Sonne, sein roter Kamm war prall geschwollen, und er krähte jeden Morgen das neue Licht hervor und besprang alle Hennen. Nur das Haushuhn ließ er aus.

„Sie war ja mal eine gute Legehenne", sagte das höhere Wesen, „aber jetzt taugt sie nur noch für den Suppentopf". Und so war sie ein letztes Mal in ihrem Leben nützlich.

Da ging es der Hausfrau viel besser, sie landete nur vor dem Scheidungsrichter. Der Mann tauschte sie gegen ein jüngeres Produkt aus.

„Du musst dich nicht schämen", hatten ihre Freundinnen gesagt, „schließlich werden schon 30% aller Ehen geschieden. Und in den Großstädten gibt es schon über 50% Singles. Du musst dich wirklich nicht schämen."

„Jetzt kannst du dich selbst verwirklichen", hatte eine andere gesagt. Das Geld war zwar knapp, aber immerhin erhielt sie einen Unterhalt, auch wenn die Neue immer mal wieder sagte: „Sie könnte doch auch arbeiten gehen, das machen doch auch andere."

Aber wer stellt schon eine 45Jährige ein, die vor langer Zeit mal Rechtsanwaltsgehilfin gelernt hat. Jetzt war ja alles anders, sie konnte nicht mit dem Computer umgehen, und auch sonst hatte sich vieles geändert. Also versuchte sie sich selbst zu verwirklichen. Sie ging in einen Yoga-Kurs und begann richtig zu atmen, eine Freundin schenkte ihr ein Buch „Die fünf Tibeter". Wenn man diese Übungen regelmäßig jeden Tag machte, sollten Wunder geschehen, die Zähne wuchsen nach, die Haut wurde wieder straff, und man konnte leicht über hundert Jahre alt werden. Sie probierte alles aus, auch eine Selbsthilfegruppe von geschiedenen Frauen, aber da hörte sie immer nur das Gleiche, welche Schweine Männer doch wären. Manchmal dachte sie, die hätten recht, aber da war ihr zu viel Hass, und schließlich war er doch der Vater ihrer Kinder, und sie konnte sich doch nicht so in ihm geirrt haben. Es konnte doch nicht alles nur schlecht gewesen sein.

„Mutter", sagte ihre Tochter, „nun schau dir doch

wirklich mal dein Leben an. Du hast immer nur für uns gesorgt, an uns gedacht, was willst du denn selber?"

Aber die Tochter war jung, und wieso war das verkehrt, sich um andere zu kümmern? Sie nahm jetzt noch ein paar Tabletten mehr.

„Schmeiß das Zeugs weg", hatte die Tochter gesagt, „du bist ja schon richtig abhängig."

Das war natürlich Unsinn, der Arzt hatte ihr ja all diese Tabletten verschrieben, und der musste doch wissen, was gut ist. Die Tochter hatte zu diesen Bemerkungen nur zynisch gelacht, aber mit deren modernen Ideen kam sie sowieso nicht klar, sie lebte mit einem Mann zusammen, das war ja heute so üblich, aber vielleicht würde er sie ja doch mal heiraten, und dann studierte sie Jura. Der Sohn war bei den Computern gelandet, das war was ganz Aussichtsreiches, er würde ja seinen Weg schon machen, sie sah ihn aber kaum noch, da er für seine Firma durch die ganze Welt geschickt wurde, mal bekam sie eine Karte aus Kapstadt oder Bangkok oder von den Seychellen, dort war er wegen des Tauchens. Aber so sind halt die Jungen, die flüchten aus dem Nest.

Dann wurde ihre Schwiegermutter ein Pflegefall, die Neue wollte sich aber darum nicht kümmern.

„Nimm du sie doch zu dir", hatte ihr Geschiedener gesagt, „du hast doch nichts zu tun."

Und so lag jetzt die alte Frau im oberen Stock.

Dann wurde die Tochter schwanger.

„Ich möchte das Kind gern", hatte sie gesagt, „und wenn du mir hilfst, dann schaffe ich das schon."

Die kleine Marlene war auch ganz süß, so hilflos, manchmal schrie sie auch zu viel, denn eigentlich gehört ja ein Kind zur Mutter, aber ihre Tochter fand, dass es ausreichte, wenn sie nur ein paar Stunden am Tag mit dem Kind zusammen war:

„Bei dir hat sie es doch gut, Mutter!"

Manchmal ließ die Hausfrau die Schultern und Hände sinken und dachte ...

Aber dann kam Marlene und sagte: „Omi, mir tut der Po weh."

Und die Schwiegermutter rief von oben: „Edith, ich muss auf den Topf!"

So rieb sie Salbe auf den kleinen Kinderpo und schob der Schwiegermutter die Bettpfanne unter. Dann kochte sie für alle Grießbrei und fütterte beide. Sie rannte die Treppen rauf und runter, rannte hinter dem Kind her, das ein Glas Milch über den Teppichboden gießen wollte, sie putzte, schrubbte, wusch, bügelte.

Zu den Treffen der Viererbande konnte sie nun nicht mehr gehen, zweimal in der Woche kam zwar die Gemeindehelferin für zwei Stunden, aber dann musste sie dringende Besorgungen machen, oder zum Arzt oder zum Friseur. Aber sie telefonierte noch mit ihren Freundinnen, aber bald hatte sie nichts mehr zu erzählen, ihre Freundinnen wollten nichts mehr davon hören, dass sie dreimal in der Nacht aufgestanden war, weil die alte Frau gerufen hatte, oder dass Marlene jetzt sauber war. Die Freundinnen fuhren auf die Bermudas oder kauften gerade ein Haus auf Mallorca. Das wollte sie auch nicht so gern hören. So schlief der Kontakt langsam ein, obwohl sie immer mal wieder sagten:

„Jetzt müssen wir uns wirklich mal wieder sehen!"

Als die Tochter mit Marlene und ihrem Freund, er hatte sie immer noch nicht geheiratet, in den Urlaub fahren wollte, sagte sie:

„Mutter, du musst auch mal raus, du siehst ganz erschöpft aus."

„Aber Kind, das kann ich doch nicht, die Oma braucht mich doch."

„Vater könnte doch auch mal für sie sorgen, schließlich ist sie seine Mutter."

Dazu hatte sie nur geschwiegen. Ihr Ehemaliger kam zwar alle zwei Wochen für eine halbe Stunde, um seine Mutter zu besuchen, aber er saß dann nur so gelangweilt bei ihr rum. Die Tochter war dann zum Vater gegangen und hatte ihm gesagt:

„Mutter braucht mal Erholung, sonst bricht sie uns zusammen. Du musst mal auf Oma schauen!"

Er hatte gesagt: „Nein, das geht hier nicht", und hatte den Geruch von Urin in der Nase von seinen Besuchen, „das kann ich auch Sylvi nicht zumuten."

Sylvi, die Neue, war recht aktiv und viel unterwegs als

Bekleidungskauffrau. Aber die Tochter ließ nicht
locker.

„Na ja, vielleicht finden wir ja ein Heim, wo sie mal so
vierzehn Tage hin kann."

Er hatte gerade an der Börse einen Gewinn gemacht,
und wollte eigentlich davon für Sylvi die Küche neu
einrichten lassen, die war ja schon drei Jahre alt. Sylvi,
ja das war eine Frau, die blond gesträhnten Haare
fielen auf das maßgeschneiderte Jackett, ihre langen
Beine so glänzend unter dem strengen Kostümrock.
Sylvi machte ihn wieder jung. Und da sie regelmäßig in
die Sauna gingen und ins Solarium, hatte er einige
Pfunde abgenommen und mit gebräuntem Gesicht sah
er ganz gut aus, wie er fand, schließlich war er ja ein
Mann in den besten Jahren. Dagegen war seine Mutter
ein stinkender verschrumpelter Haufen und seine
ehemalige Frau war nur noch der Inhalt einer
Kittelschürze.

Aber wenn er etwas für die Oma tat, war das
wahrscheinlich von der Steuer abzusetzen. Also sagte
er bei seinem nächsten Besuch:

„Also, wir haben uns was Schönes ausgedacht, Oma,
du machst mal vierzehn Tage Ferien in einem schönen
Sanatorium."

Die alte Frau war ganz aufgeregt geworden, fing an zu
weinen:

„Bring mich nicht weg, bring mich nicht weg." Und hatte
sich an Edith geklammert. Der Arzt musste kommen

und ihr eine Beruhigungsspritze geben.

„Ich kann sie nicht allein lassen", hatte die Hausfrau gesagt, „das bringt sie um."

Jetzt fragte die alte Frau alle zehn Minuten „wann kommen sie, wann holen sie mich ab?" Alle beruhigenden Versicherungen von der Hausfrau halfen nicht, immer und immer wieder stellte sie die gleichen verängstigten Fragen. Marlene fing an sie nachzuäffen und skandierte in einem hohen Singsang:

„Wann holen sie mich ab? Wann bringen sie mich weg?"

Die Hausfrau war nur noch müde, müde, müde, da halfen auch keine Tabletten mehr. Aber sie wusste, sie wurde gebraucht, und was will man mehr vom Leben!

Die Hausfrau und der Handwerker

Erfahrungen mit einer besonderen Spezies

Sie kennen sie alle, diese possierliche Spezies. Sie nistet in großen, mittleren und kleineren Städten, seltener auf dem platten Land, auch wo dieses hügelig ist, sind sie kaum zu finden.

Sie gehören nicht zur Gattung der Steuerberater, Lehrer und Ärzte, obwohl man auch mit dieser ,Fauna humanorum' viel Spaß und Verwirrung haben kann, nein, ihre Art zeichnet sich dadurch aus, dass man sie anlocken muss.

Wenn bei Ihnen der Wasserhahn tropft, das Klo verstopft ist, die Geschirrspülmaschine sich nicht mehr dreht, dann sollten Sie versuchen, diese Gattung zu erreichen. Sie besitzen alle ein Telefon und selbstverständlich ein Handy, aber das ist entweder besetzt oder es gibt nur eine automatische Ansage von sich. Wenn dann Ihr Finger schon wund ist, weil Sie x-mal die Wiederholtaste gedrückt haben, kann es sein, dass Sie wirklich eine lebendige Stimme hören. Jetzt müssen Sie nur noch einen Termin ausmachen, je schneller Sie einen finden, um so teurer wird es. Aber irgendwann klappt es.

„Donnerstag um neun Uhr komme ich zu Ihnen", sagt ein sonorer Bass, ein klingender Bariton oder ein schmeichlerischer Tenor.

Und dann kommt der Donnerstag, es wird neun, es wird halb zehn, es wird elf. Sie sitzen da und warten. Sie brauchen sich für diesen Tag wirklich nichts weiter vorzunehmen, manchmal tauchen sie plötzlich auf, diese Männer der Hand oder auch nicht. Für solche Fälle das Telefon zu benutzen, scheint nicht im Verhaltensrepertoire dieser Spezies zu liegen. Außerdem ist ja die Frau zu Hause, denn jede Frau ist ja eine Hausfrau und damit im Haus. Sie warten und können sich in der Tugend der Geduld üben und Tugenden sollte man erwerben.

Einmal allerdings ist mir etwas Sonderbares passiert, auch bei dieser Art gibt es offensichtlich Aberrationen, ja, da rief um fünf vor neun der Mann an und sagte:

„Ich stecke im Stau, es wird zehn Minuten später."

Und er war dann wirklich in zehn Minuten da. In der Erinnerung an diese Begebenheit durchströmt mich immer noch ein Glücksgefühl.

Aber dann ist er da, der Mann mit Handwerkskoffer, er muss nur noch mal kurz jemand anrufen, aber dann dürfen Sie ihm das Problem zeigen, er dreht am Wasserhahn herum, schraubt ihn ab.

„Na ja, der ist total hin, da brauchen Sie einen neuen. Aber diese Sorte hab ich gerade nicht da, die bringe ich Ihnen später."

Wann immer das ist.

Oder er schaut ins Klo. „Was haben Sie da rein geworfen, Damenbinden?"

Wie erröten und stammeln „Nein".

„Aber man weiß doch, wie die Damen sind." Dann macht er sich ans Werk, das Wasser läuft wieder ab und Ihnen bei der Rechnung der Schweiß übers Gesicht und das Geld vom Konto.

Ja, und dann die Geschirrspülmaschine. „Benutzen Sie die als Abfalleimer?"

Die schwachen Einwände werden gar nicht gehört.

„Also, die ist hin, wenn Sie wieder unser Fabrikat kaufen, kriegen Sie jetzt einen Gutschein über zwanzig Mark."

Auf der Rechnung für dieses Gutachten, sie muss gleich bezahlt werden, stehen 125,64 DM.

„Aber die Maschine ist doch erst eineinhalb Jahre alt", ist mein leises Flehen.

„Na, dann ist die Garantie ja abgelaufen."

Die Geschirrspülmaschine ist also rettungslos kaputt, zu meinem Glück gab es da einen Bastler, einen genialen homo faber, der geschickt im Reparieren war, die Geschirrspülmaschine lief dann noch acht Jahre. Die Herstellerfirma und ihren Kundendienst mied ich von da an.

Aber wenn Sie wirklich Spaß haben wollen und dies über lange Zeiträume, wenn Sie ihre Tage ausfüllen und Ihren Verstand strapazieren wollen, dann sollten

Sie sich etwas Größeres vornehmen, nicht ein Haus zu bauen, das ist zwar eine der Möglichkeiten, eine Ehe zu beenden, aber solche Tipps will ich Ihnen nicht geben.

Nein, ich schlage erst einmal feuchte Stellen im Keller vor. In einer Ecke und an einer Wand schimmelte es bei mir. Das ist nicht gut. Der Fleck schien auch täglich zu wachsen. Und nun holen Sie sich die Fachleute, planen Sie dies strategisch wie ehemals die Feldherren, organisieren Sie Ihre Zeit und singen Sie den Brechtsong:

„Mach nur einen Plan, und mach noch einen zweiten Plan, aber gehen tun sie beide nicht."

Der Erste sagte: „Die Räume müssen nur mal richtig ausgetrocknet werden. Ich habe da so ein Heißluftgerät, das können Sie sich leihen für hundert Mark am Tag, aber besser ist es, Sie kaufen es sich, dann können Sie es immer wieder einsetzen."

Der Zweite sagte: „Unter Ihrem Zementboden hat sich das Regenwasser gesammelt. Wir bohren den auf und saugen das Wasser ab. Das geht ganz einfach."

Der Dritte sagte: Das ist ganz eindeutig, das Wasser dringt von außen herein, Sie müssen eine Drainage rund um das Haus legen. Kein Problem, das baggern wir Ihnen schon aus."

Ich dachte mittlerweile: „Das beste ist, ich reiß das Haus ab."

Ich sah den Schimmel die Wände hinauf wachsen,

schleimig grün verfielen die Mauern, ich von jedem
Geld entblößt, nächtigte auf den Stufen öffentlicher
Gebäude.

Und dann kam der Vierte und dem hab ich einfach
geglaubt, um mich und vielleicht auch das Haus zu
retten.

Er meinte, dass in der Dusche die Leitung undicht sei
und wenn man die erneuert, dann wäre der Schaden
behoben.

Wenn die Männer der Hand dann arbeiten, seien Sie
allzeit bereit für kleine Dienste.

„Frau, wo ist das Kehrblech, wo ist die Leiter, der
Maßstab, der Lichtschalter, die Wasseruhr....?"

Und außerdem besorgen Sie sich Ohropax, aber dann
können Sie ja nichts für die Handwerker holen, also
halten Sie es aus das wummernde Hämmern, das
kreischende Bohren, das schrille Sägen. Und wenn
dann der Blutandrang Ihren Kopf fast zum Platzen
bringt, wenn Ihnen Ihre Trommelfelle als Fetzen aus
den Ohren hängen, dann wissen Sie, dass Lärm eine
Foltermethode ist. Sie haben es aber besser, Sie
müssen nichts gestehen, nur überstehen.

Außerdem verteilen diese fleißigen Leute über die
ganze Wohnung Staub, Holzpartikel, Späne,
Farbspritzer. Sie machen zwar am Ende den Platz um
das Bohrloch sauber, das heißt, sie kehren den nahe
liegenden Dreck zusammen, doch alles andere ist

dann eine nette Beschäftigung für die Hausfrau.

Aber der Aufwand lohnte sich bei mir. An einigen Stellen ist jetzt in meinem Keller kein Schimmel mehr und vor den anderen nehme ich die Pappkartons nicht mehr weg.

Das liegt nun schon ein paar Jahre zurück und war in all dem Schmodder des Lebens versunken, bis ich, ja bis ich zu mir sagte:

„Du solltest was für die Umwelt tun, nachwachsende Energie und so..."

Offensichtlich habe ich eine gewisse masochistische Neigung zum Zeit- und Geldvertreib.

Also sind jetzt meine Tage ausgefüllt mit Besuchen von netten Handwerkern, ein bis zwei Stunden reden wir so im Durchschnitt über Sonnenkollektoren, wie viele Quadratmeter, welche Marken: deutsch, österreichisch, israelisch, thailändisch, Montage: per Kran, durch die Dachfenster, über den Balkon, die Leitungen: durch den Kamin, an der Außenwand, Platz für den Warmwasserbehälter, einer wollte mir dafür zwei Türstöcke rausreißen.

Jeder Plan, so versicherten mir die Männer, sei genau auf mein Haus und meine Bedürfnisse abgestimmt und ausgesprochen kostengünstig, nur schlagen sie mir jeder eine andere Möglichkeit vor und die Kosten variierten bis zu fünftausend Mark.

Und dann begann ich noch von der Möglichkeit, eine Pelletheizung einzubauen, zu reden ...

Was geschieht mit mir?

Werde ich mit irrem Gelächter durch die Straße ziehen, Menschen am Revers packen und ihnen etwas über den Heizwärmebedarf, über den Ausstoß von Kohlenmonoxid, über Förderschnecken und Vakuumröhren ins Ohr schreien.

Oder werde ich mein großes schwarzes Küchenmesser schleifen und Massenmörderin einer besonderen Spezies werden??

Die Suche nach dem winterharten Buddha

Über eine gute Mutter und ihre guten Kinder

Mutters Geburtstag war in nähere Ferne gerückt. Die Kinder fragten:
„Wie willst du denn feiern?"
„Ach", sagte die Mutter, „ich hab gar keine Lust zu feiern."
Sie hatte mehr daran gedacht, an diesem Tag durch Hain und Tal, durch Busch und Berg zu wandeln und über ihr Leben nachzudenken, das sie eigentlich noch nie so recht verstanden hatte.

Aber die Kinder meinten, der Geburtstag muss gefeiert werden, das müsste sein. Und da sie eine gute Mutter war, gab sie nach. Das tat sie zwar nicht immer, die Kinder fanden, dass sie häufig uneinsichtig, dickköpfig, verantwortungslos mit ihrer Gesundheit sei. Irgendwann im Verlauf der Evolution zwischen Eltern und Kindern passiert dies, dass die Kinder genau wissen, was für die Eltern gut ist. Aber da dann die Eltern im Zustand des Alterstarrsinns sich befinden, werden die Ratschläge der Kinder, ihr fürsorgliches Diktat, nicht immer befolgt. Aber die gute Mutter dachte: „Wenn sie es gerne wollen, dann feiere ich eben meinen Geburtstag. Weder der Hain, der Busch, der Berg, das Tal noch mein Leben laufen mir ja davon."

„Was wünscht du dir denn?" war die nächste Frage.

„Ach nichts, macht euch doch keine Mühe", sagte die gute Mutter, und hatte dieses diskrete Leiden in der Stimme, das immer den Kindern so auf die Nerven geht.

„Ich hab doch schon alles, und bloß keinen weiteren Schnickschnack, ich hab schon viel zu viel."

„Aber irgendetwas muss es doch geben ..."

Die gute Mutter wusste, dass ihre guten Kinder ein Problem hatten, und da sie, wie schon gesagt, eine gute Mutter war und auf keinen Fall wollte, dass die Kinder ihre Fantasie in alle möglichen Richtungen strapazierten, und sie dann dafür noch Dankbarkeit zeigen musste, sagte sie zögerlich:

„Na ja, da gibt es was, wonach ich schon länger Ausschau halte ..."

„Was ist es?", riefen die Kinder voller Hoffnung und voller Befürchtungen.

„Also ich hätte gern für die Terrasse, für diese Ablage da, wo ich Blumen hinstellen soll, so einen Buddha, einen mit so einem Hängebauch und einem breiten Lachen, aber ich will ihn auch im Winter draußen lassen, also er muss schon Frost aushalten können."

Und dann begaben sich die guten Kinder auf die Suche nach dem winterfesten Buddha.

Sie durchsuchten alle Gartencenter nach einem Buddha. Keines wurde ausgelassen, sie durchquerten die Stadt von Ost nach West, von Süd nach Nord. Sie fanden vieles, auch wenn sie die Ecke mit den richtigen Gartenzwergen mieden. Da gab es langbeinige Vögel, die ihre Hälse bogen in einer Gebärde, die Hersteller von Gartenaccessoires als graziös empfinden. Da gab es Frösche, die mit offenen Mäulern im Grase hockten, Katzen in betonhartem Schlaf, kleine Mädchen buntbemalt mit Blumensträußen in den Händchen, kleine Jungen mit einem Spaten. Da gab es den bereinigten Abklatsch von berühmten Statuen, David, reduziert auf ein Gartenmaß und mit dem, was die Engländer die „private parts" nennen, noch ein wenig mehr als beim Original geschrumpft. Venus bedeckte ihre Region zwischen den Beinen mit einer Hand aus Gips, oder wenn es etwas teurer sein konnte, aus Marmor. Brunnen gab es in allen Varianten. Als Blumenkästen beliebt war eine Sarkophagform, was ja für eine ältere Frau ein sehr passendes Geschenk gewesen wäre, nur darf man laut Bestattungsordnung sich nicht mehr in Sarkophagen zur letzten Ruhe betten. Also all das und noch einiges mehr gab es, nur keinen winterfesten Buddha.

Die guten Kinder zogen weiter ihre Kreise, sie streiften durch diese Läden, die voll sind von Asiatika, Afrikanika, Indianika, all diese Dinge werden dort angeboten, die für ein gepflegtes Heim im Ethnolook unbedingt notwendig sind, und so einen gewissen spirituellen Touch ausdünsten. Hier gab es nun

Buddhas in vielen Varianten, überlebensgroße und solche, die man als Briefbeschwerer auf den Schreibtisch stellen konnte. Einige saßen im meditativen Schneidersitz, die Hände auf den Schenkeln geöffnet, um das ewige Nichts zu empfangen, andere standen in edler Pose mit Segen spendender Hand. Sie waren aus Bronze, die wie Gold glänzte, aus lackiertem Holz, aus bunt bemaltem Porzellan, aus Rosenquarz, sie lachten alle nicht, sie waren edel und nicht winterfest.

Die guten Kinder verbrachten nun wirklich einen Teil ihrer Freizeit auf der Jagd, denn sie waren begierig, ihrer guten Mutter das gewünschte Präsent zu geben. Sie gingen jetzt in Antiquitätengeschäfte und in Läden für den gehobenen Wohngeschmack. Sie fanden Kugeln mit Akanthusblättern, die mal in einem hochherrschaftlichen Park gelagert hatten. Sie fanden nachgemachte Dämonen, die im Original an französischen Kathedralen hausten. Sie waren aus massivem Stein, wogen ein paar hundert Kilo, verlangten nach einem Sockel aus Beton oder besser aus Granit und waren für etwas über 1000 Euro zu erstehen.

„Lasst es doch, Kinder", sagte die gute Mutter, "macht euch nicht so viel Mühe".

Denn wie alle guten Mütter wollte sie nicht, dass die Kinder ihretwegen „Mühe" hatten. Nur in dieser dünnen Schicht zwischen dem Halb- und Unbewussten war da

162

so eine Stimme:

„Wenn ich einmal einen Wunsch habe, dann wird er bestimmt nicht erfüllt."

Aber diese Stimme darf niemals laut werden bei einer guten Mutter. Sie sagte nur ganz abgeklärt:

„Wenn es sein soll, wird es sein, dann kommt ein Buddha des Weges. Und wenn nicht, dann nicht."

Die Kinder begannen jetzt, sich andere Geschenke zu überlegen und fragten bei der Mutter an, ob diese auch recht wären.

„Doch, doch", sagte sie, „aber wirklich, es ist gar nicht nötig, dass ihr mir etwas schenkt."

Ihre Mundwinkel zogen sich bei diesen Worten leicht nach unten.

Und dann kam der festliche Tag. Das eine Kind hatte sich bereit erklärt, all die Lebensmittel, die man zum Grillen braucht, zu besorgen, und so kam es mit vielen Plastiktüten. Eine reichte es der Mutter und sagte: „Vorsicht, das ist schwer."

Die Mutter entfernte die Plastiktüte, dann war da etwas in Einwickelpapier und als diese Hülle fiel, lachte er sie an, dickbäuchig grinsend, grau und robust.

„Du hast ihn gefunden. Wie hast du das geschafft?"

Das Kind, das mal überlegt hatte, eine Institution für schwer erziehbare Eltern zu gründen, lächelte verschämt: „In einem Gartencenter."

Dieses Kind war aus Berlin angeflogen gekommen, und in der Hauptstadt gibt es eben Dinge, die es in

München oder in ganz Bayern nicht gibt, das ist ja bekannt, besonders den Berlinern.

„Es gab da ein Problem", sagte es. Als am Flughafen sein Gepäck durchleuchtet wurde, sagte der Beamte: „Was haben Sie denn da? Ist das etwa ein Buddha?"

Das schien ein nicht so allgemein übliches Reisegepäck zu sein. Und die Strahlen versuchten den Buddha zu durchdringen, aber dies war zwar ein Abbild eines Erleuchteten, doch ihn bis zum Kern seines Seins zu durchleuchten, schaffte die Technik nicht. Da das gute Kind auch nett und frisch gewaschen aussah und ja nicht aus Bangkok oder Marokko kam, sondern ja nur von Berlin nach München flog, gaben sich die Flughafenleute damit zufrieden, dass sie nicht bis in das innerste Sein des Buddhas eindringen konnten.

So wurde es ein sehr schöner Geburtstag, der Buddha lächelte von dem Brett hinunter auf all die Versammelten, die leiblichen Kinder und auf diejenigen Kinder, sie sich leiblich mit ihnen verbunden hatten. Es wurde gut gegessen und viel getrunken, die Nacht war mild, die Sterne funkelten. Buddha grinste zwischen seinen Schlappohren und über seinen dicken Bauch.

Wenn jetzt die Winterstürme kommen am Nordrand der Alpen mit Schnee und Frost, dann wird sich zeigen, ob er standhält oder Risse bekommt, oder zerbröckelt.

164

Hinter Gittern

Eine Frau verreist

Sie verriegelte die Haustür, bestieg das Taxi und schlug die Wagentür zu. Die großen Glastüren des Flughafens saugten sie ein und schlossen automatisch hinter ihr. Sie trat an die Barriere der Abfertigungshalle, hinter einer Konsole ein halber Mensch in striktem Kostüm verlangte ihre Dokumente und stempelte sie ab. Ihr Gepäck rollte auf dem Band davon und verschwand hinter schwarzen Plastiklappen. Sie musste zu einem Glaskasten gehen, in den sie ihren Pass hinein schob. Der Uniformierte prüfte, verglich ihr Bild mit ihrer Erscheinung, das Handgepäck verschwand in einem dunklen Schlund. Sie musste durch eine stählerne Barriere gehen, sich mit Detektoren abtasten lassen. Das Gepäck wurde wieder ausgespuckt. Sie saß in der kugelsicher verglasten Halle, alle Türen waren verschlossen bis zum Befehl des Einstiegs. Wieder wurde sie von Uniformierten kontrolliert. Sie ging durch einen fensterlosen Schlauch, metallisch grau an den Wänden und auf dem Boden schwarze Kunststoffnoppen. In dem hermetisch verschlossenen Flugzeug zwängte sie sich auf einen Sitz und fesselte sich mit dem Gurt. Die kleinen Fenster, die nicht und niemals zu öffnen sind, waren beschlagen und zerkratzt. Die Welt war nur noch als Schemen zu sehen, und dann gar nicht mehr. Der Flug war geregelt, Sicherheitsvorkehrungen wurden per Lautsprecher angekündigt, sie suchte die Leuchtstreifen am Boden, die zu den Sicherheitstüren führen sollten, die sich nur im Katastrophenfall öffnen. Der Klapptisch wurde gegen den Magen gepresst, auf dem Tablett waren die Speisen in Folien und Plastikbehältern eingeschweißt, das Besteck lag eng gepresst in einer Klarsichthülle, die sich nur mit der Gewalt der Zähne öffnen ließ. Es gab Bewegung, Essen in den Mund schieben, kauen, trinken und zwischen den Füßen die Serviette wieder hervorholen.

Auf dem Nachbarsitz saß einer, genauso eingezwängt und begurtet, ihre Kontakte waren gering, ein Abdrängen von der Armlehne, ein Zeitungsblatt, das in ihren Kleinraum hinein stach.

Auf dem Bildschirm wurde die Außenwelt gezeigt, auf farbigen Landkarten sah sie ein kleines Flugzeug, das von einem Punkt zum nächsten sich bewegte, sie las die Außentemperatur und die Kilometer. Der Flugzeuginnenraum hatte stets die gleiche Temperatur, die leichte Jacken erforderlich machten. Manchmal erschienen auch Palmen, Sandstrände, Pagoden und Menschen am Pool mit bunten Drinks. Irgendwann versuchte sie mit dem Kopf an der Lehne zu schlafen, immer wieder schreckte eine Verkrampfung im Hals oder ein Blutstau in den Beinen sie hoch, es war unmöglich eine adäquate Schlafhaltung einzunehmen, sie war gefesselt.

Dann kündete eine anonyme Lautsprecherstimme das Ende an und befahl, auf den Sitzen zu bleiben und die Gurte nicht zu öffnen, das Flugzeug setzte mit einigem Holpern auf dem Boden auf und schüttelte sich. Die Passagiere drängten sich in den Gängen, stießen sich gegenseitig an, Gepäck fiel aus den Ablagen und in die Weichteile. Dann wieder eine allseits geschlossene Röhre, diesmal metallischweiß, wieder geschlossene Glaskäfige mit Uniformträgern, die bedeutsam kontrollierten, war das Bild im Pass mit ihr identisch? War der Pass noch gültig? War das Visum ordnungsgemäß? Waren die vorgeschriebenen Impfungen erfolgt? Alles wurde langsam und ausführlich untersucht. Sie ging zur Gepäckhalle, das schwarze Gummilaufband setzte sich in Bewegung und aus einem dunklen Schlund kamen Pappkartons, Stahlkoffer, Rucksäcke, Buggies, Blumensträuße, die eilig von irgendwem an sich gezerrt wurden. Nur ihr Gepäck war nicht dabei, es war irgendwo verloren in der Fremde, es würde in einigen Tagen wieder auftauchen von namenlosen Lagerhallen gezeichnet.

Die Bekannten holten sie ab:
„Pass auf den Geld auf! Hier wird viel gestohlen!"

Rechts und links von Bekannten flankiert wurde sie zum Auto abgeführt durch die Dunkelheit, durch die schwache Lampen Gitter warfen. Auf dem Parkplatz umringten sie dunkle Menschen, die mit geöffneten Händen Geld forderten. Sie wurden zurückgescheucht. Die Türen wurden verriegelt, nur ein schmaler Spalt des Fensters blieb offen, die feuchtschwüle Luft staute sich. Eigenartig rosafarbene Handflächen drückten sich gegen die Scheiben, sie sah aufgerissene Münder und platte Nasen.

Wieder wurden die Gurte angelegt und drückten auf Hals und Magen. Die Nacht stand dunkel im Draußen, am Himmel mochten Sterne leuchten, doch auf den Straßen waren nur kleine Feuer, über die sich dunkle schattenverzerrte Gesichter beugten.

Sie kamen zu dem Haus. Sie sah nur eine hohe Blechwand, die mit scharfen Spitzen bestückt war.
„Monsieur Xavier, ouvrez la porte."
Fremde Töne in einem fremden Land. Untereinander sprachen die Einheimischen in Lauten, die in keiner europäischen Schule als Sprache gelehrt werden. Ein zwei Meter großer, schlanker Afrikaner in einem langen Kaftan tauchte aus dem Dunkel auf und entriegelte das Tor, der Wagen fuhr hinein, das Tor wurde wieder verriegelt. Ihr Handgepäck wurde sofort aus ihrer Hand genommen, und der Wächter trug es

bis zur Haustür. Zwei Schlösser wurden aufgeschlossen, alle Fenster waren mit Gittern versehen, Tor, Garten und Terrasse waren beleuchtet.

„Mach die Tür gleich zu, sonst kommen die Moskitos hinein."

Und die Mäuse. Gegen die Ameisen gab es keinen Schutz, nur ein ständiges Putzen und Wischen. Die Geckos allerdings waren willkommen, denn sie machten Jagd auf die Insekten. Als sie ins Bett ging, erklärte man ihr die Handhabung des Moskitonetzes, es durfte keine Lücke geben, der Schleier musste das ganze Bett umhüllen. Das Surren war allerdings nicht auszuschließen und auch nicht andere raschelnde Geräusche. Sie dachte an Schlangen und Skorpione. Sie lag in ihrem Bett unter dem Gittergewebe, vor dem Fenster als Wiederholung, Eisengitter, alle Türen mit doppelten Riegeln versehen, das Tor verschlossen und von dem Wärter bewacht, der seine Waffen, Pfeil und Bogen und eine Keule, in einer Ecke abgestellt hatte. Dann wurde auch noch die Terrasse mit dünnem Maschendraht versehen, so dass selbst das behütete Gartengrün, der hortus conclusus, nur noch durch eine Sperre zu sehen war. Aber die Feindlichkeit der Umwelt war nicht ganz auszuschließen, an der Neonröhre sammelten sich die Insekten, auch das Gift aus der Sprühdose konnte sie nicht gänzlich vertreiben.

Die Gespräche drehten sich um Gefahren, Diebstahl,

Überfälle, tödlich verlaufenen Malariaanfällen. Sie saß sicher auf der vergitterten Terrasse und las in Kriminalromanen von geplanten Todesfällen und ihrer Auflösung, der Überführung der Übeltäter. Mord, Verbrechen war eine literarische Selbstverständlichkeit.

Sie traute sich nicht allein vors Haus, nur im Wagen und in Begleitung von dem Wächter konnte sie einen Freigang wagen. Und immer wieder: „Pass auf, es wird geklaut!"
Krampfhaft hielt sie ihre Geldbörse fest, traute niemandem, der nicht weiß war. Sie sah mit verstecktem Blick die glänzenden, schwellenden Muskeln der Männer, ihr fiel ein, dass sie etwas über die ungewöhnliche Länge ihrer Penisse gehört hatte, sie schauderte. Man hatte ihr gesagt, dass es für die Schwarzen ein besonderes Prestige war, eine weiße Frau zu besitzen, aber sie hatten ja alle Aids, und außerdem stiegen so Erinnerungen auf, von Ritualmorden in dunklen Hütten und Karikaturen von weißen Missionaren, die in Kochtöpfen gegart wurden. Sie durfte auch mit auf ein Fest. Dort war alles ganz ähnlich, nur schien ihr die Betonmauer noch ein wenig höher und die eingefügten zerbrochenen Glassplitter spitzer. Am Tor standen zwei Wächter, die sie nach kurzer Gesichtskontrolle – weiß – passieren ließen, zwei Wachhunde kamen einer weiß, der andere

170

schwarz, auch sie stellten den richtigen Geruch fest.

Es wurden französischer Champagner, französischer Wein, französischer Käse und warme Gerichte nach der Art der französischen Küche angeboten.

Auf der Party gab es überwiegend Weißgraue, aber auch Schwarze, nicht nur am Tor und in der Küche. Besonders fahlgesichtige Männer mit fliehendem Haar und wucherndem Bauch hatten dunkelhäutige junge Frauen mit der grazilen Anmut von Antilopen. Die dunkelfarbigen Männer hatten alle Frauen von gleicher Hautfarbe.

Die Gespräche drehten sich um Gefahren, Diebstahl, Überfälle, tödlich verlaufenen Malariaanfällen. Ein Spezialist berichtete von Giftschlangen, ihr Vorkommen, ihre Gefährlichkeit, ein anderer erwähnte, dass die häufigste Todesursache von Weißen die Verkehrsunfälle seien. Eine Mutter erzählte, dass ihre elfjährige Tochter die einzige Weiße in ihrer Schulklasse sei und von allen Jungen besonders beachtet würde. In der Erzählung schwangen Besorgnis und Stolz.

Sie fuhren wieder nach Hause durch das kurz geöffnete Tor, das sich wieder hinter ihnen schloss, durch die düsteren Straßen, wieder wurde ein Tor auf-

aufgeschlossen, abgeschlossen, Türen wurden ent-
riegelt und verriegelt, sie kroch unter ihr Moskitonetz,
warf noch einen Blick auf die Fenstergitter, sie war
eingesperrt, in ihrer weißen Haut, in ihrem besonders
gefährdeten Geschlecht, in Ihrem Selbst.

Großmütterchen erzählt...

Eine Erzählung im altdeutschen Stil

Großmütterchen sitzt in ihrem Ohrenbackensessel, um ihre Schultern liegt das Wolltuch mit den langen Fransen, ihre Füße in den warmen Pantoffeln ruhen auf dem Fußbänkchen. Leise bollert der gusseiserne Ofen, an ihren Knien lehnen ein blondes und ein braunes Köpfchen.

„Großmütterchen, erzähl", bitten ihre Enkeltöchterchen.

„Ja, damals," beginnt Großmütterchen und lässt ihren Strickstrumpf sinken, und ihre vom grauen Star verschatteten Augen blicken in eine Ferne, die in den Nebeln der Erinnerung liegt.

„Ja, damals, da waren wir noch revolutionär, und noch nicht so angepasst wie ihr heute."

Sie streicht die Fransen an ihrem Schultertuch glatt.

„Wir waren jung und wollten die Welt verändern. Niemand sollte mehr ausgebeutet werden. „Brüder hört die Signale, auf zum letzten Gefecht", mit einer zerbrochenen heiseren Stimme versucht sie zitternd zu singen.

Sie sieht vor ihrem inneren Auge die roten Fahnen, die geballten Fäuste. Sie hat zwar nie rote Fahnen geschwungen, aber sie war auf Demonstrationen und hat mit den anderen skandiert:

„Haut den Meyer in die Eier" und „Werft den Huber in den Zuber."

Außer diesen Sprüchen war ja nichts geschehen, aber dieses Gemeinschaftsgefühl, das war gut. Außerdem trafen sich ja alle dort und man konnte ein wenig schwätzen. Man war ein Teil eines Ganzen.

Als sie wieder zu studieren begann, hatte sie Wildes erwartet. In der Süddeutschen Zeitung standen so Berichte, über diese unartigen Jusos, die alles kaputt machten. Großmütterchen summte leise:

„Macht kaputt, was euch kaputt macht."

Und an der Uni ging es noch viel schlimmer zu, da wimmelte es nur so von Marxisten, Kommunisten und Anarchisten. Und mit einem geheimen Gruseln war sie dahin gegangen. Am ersten Tag schon sprachen sie drei nette Mädels an und fragten, ob sie nicht zu einer Schulung kommen wolle. Es waren Leute vom Spartakus, aber sie lernte schnell, dass die nicht zur Pfeilspitze der Revolution gehörten, nein, die waren irgendwie zu bieder. Wirklich revolutionär waren nur die Roten Zellen. Sie war in ein Germanistikseminar gegangen, in dem irgendwas über Literatursoziologie bearbeitet werden sollte, aber dieses Seminar war fest in den Händen der Roten Zellen, die gerade das getan hatten, was in der Natur der Zellen liegt, sie hatten sich gespalten in AK1 und Ak2, und jetzt spielten sie mit Fremdwörtern Ping Pong.

Sie verstand rein gar nichts, und bekam zum ersten

Mal diesen Anstrengungskopfschmerz, der sich immer wieder in ihrer universitären Laufbahn meldete. Sie begann wieder eine Kapitalschulung, sie kamen nie über die ersten acht Seiten hinaus, aber es gab Protokolle, seitenlang, über das Problem der Begrifflichkeit von scheinbar und anscheinend, sie hatte den Unterschied und seine Bedeutung für die Analyse des Kapitalismus nie so richtig begriffen.

Einige sollten ja sogar mit Farbbeuteln geworfen oder Seifenblasen während der Vorlesung in den Raum geschickt haben, das waren die an der vorderen Front.

„Ich hab so einem Arschloch von Dozenten gesagt, er soll seinen verquirlten bürgerlichen Scheiß sonst wo hinstecken, es wäre alles nur hohles bürgerliches Geschwafel, was er da ausspuckt, so eine Kotze sei völlig indiskutabel."

„Großmütterchen", rufen die Enkeltöchterchen und patschen ihre rosigen Händchen vor ihren rosigen Mund, „was hast du für Worte."

„Na ja, ganz so hab ich es wohl nicht gesagt, aber gemeint schon."

Sie hatte wohl eher etwas über die tautologischen Strukturen der bürgerlichen Wissenschaft und ihren solipsistischen Legitimationscharakter von sich gegeben. Später sollte dieser Dozent ihr Doktorvater werden.

Aber damals war er doch rot angelaufen, und sie kam sich vor wie die Jungfrau von Orleans, nur wollte sie keinen Nationalstaat errichten, sondern nur das internationale Proletariat retten.

„Ich bin dann in die SPD eingetreten."

Sie waren in ihr Reihenhaus am Stadtrand gezogen, so wie es sich für eine Familie gehört. Es war eines von den nicht so feinen Vierteln, es gab dort Siedlungen in Blockbebauungen und zehnstöckige Hochhäuser für die Arbeiter einer Autofabrik und für die Bundesbahnausbesserungsstelle. Diese Wohnungen wurden gut beschallt von Autobahn und U-Bahn. Auf der anderen Seite dieser Lärmschneise etwas durch Grün abgedichtet wohnten die Kleinbürgerlichen, dort hatten sie sich den Grund leisten können. Allerdings verschwanden die Kleinbürgerlichen mehr und mehr, und dafür siedelten sich mehr verbeamtete Akademiker und freiberufliche Zahnärzte und Architekten an. Der dritte Teil des Vorortes war durch eine weitere Ausfallstraße und durch Sportplatz und Schrebergärten von den anderen getrennt. Dort lebten die Leute mit den zwei Autos und dem Swimmingpool. Außerdem gab es wenige Kilometer entfernt die städtische Müllablagerung, ein Landfahrerlager und an der Ausfallstraße war der Straßenstrich deponiert worden. Später sollte genau in dieser Gegend auch noch eine Moschee gebaut werden.

Und da sie sicher war, dass sie ihr Leben dort

verbringen würde, beschloss sie, sich politisch zu engagieren. Aber bei der SPD gab es auch keine roten Fahnen, sondern Alpenveilchen und 1 Pfund Kaffee für die „Damen" bei der Weihnachtsfeier.

„Wir haben dann die Macht übernommen, wir haben die alten Säcke ausgeschaltet."

Ja, das war spannend gewesen, sie gehörte zu einer Gruppe von Jusos, obwohl sie mit ihren 35 Jahren das Juso-Alter schon überschritten hatte. Die alten Herrn, der Vorsitzende war auch Vorstand des Kaninchenzüchtervereins, gingen immer um elf, und wenn die ihre Biere kurz vor elf zahlten, dann stellte die junge Garde den Antrag auf Verlängerung der Beschlussfähigkeit, und unter sich konnten sie dann alles beschließen. Zum Beispiel die Demo gegen die Mülldeponie. Sie sah damals in ihrer Phantasie alle Anwohner, Frauen, Männer, Kinder auf der Landstraße als riesiger Heerwurm sich wälzen, Sprechchöre sollten durch Megaphone schallen, wie etwa die Forderung:

„Schickt den Müll nach Grünwald, soll er die Reichen anstinken. Keine Kruppkinder mehr in Freimann."

Die Demo kam zustande, aber es waren nur dreißig, die mitgingen, und auf keinen Fall durfte die DKP dabei sein, darüber waren sich die Alten und die Jungen einig, denn es gab schließlich den Unvereinbarkeitsbeschluss, keine gemeinsamen Aktionen mit der DKP. Sie fand das nicht so richtig, der Müll ging doch alle an, da gab es doch keine Parteigrenzen, außer natürlich zur CSU.

Sie hatte zwar keine besonderen Sympathien für die drei Kommunisten in Freimann, einem Soziologen, einem Journalisten und einer Filmregisseurin, denn sie waren so von der DDR überzeugt, und sie hatte als gelernte Westdeutsche bei ihren Besuchen in jenem Land nur die Wände von grauer Prüderie gespürt und nichts von dem lachenden Paradies der befreiten Massen. Aber schließlich waren doch auch die DKPler für die Befreiung des Proletariats. Aber der Unvereinbarkeitsbeschluss war ein Gesetz der Partei, und die Partei hat immer recht, hatte man so etwas nicht mal früher gesungen?

„Ich habe dann auch meine erste öffentliche Rede gehalten auf einer Bürgerversammlung", sagt Großmütterchen.

Sie erinnerte sich noch, wie sie durch die gut gefüllte Turnhalle zum Rednerpult geschritten war, wieder umflatterten sie unsichtbare Fahnen und dröhnten unhörbare Trompeten. Es war ein tolles Gefühl, auf dem Rednerpult zu stehen und frei zu reden. Sie erinnerte sich eigentlich nicht mehr so genau , um was es eigentlich ging und hatte dann mal einen damaligen Weggefährten gefragt, der hatte ihr gesagt: „ Das war die Sache mit dem Landfahrerlager."

„Ich hab mich damals auch für die Sinti und Roma

eingesetzt", fährt Großmütterchen fort, „die sollten aus der Stadtnähe vertrieben werden."

Sie hatte mit ihnen allerdings kaum Kontakt gehabt, vage erinnerte sie sich an einen Besuch im Lager, Wohnwagen und so, und einmal war ein Horde von 12 Zigeunerkindern durch ihr Haus gezogen, die meinten, dass alles, was ihnen gefiel, auch zum Mitnehmen sei. Danach war ihre soziale Ader rapide verödet.

„Ich hab dann eine Initiative: „Weiterführende Schule für Freimann" gegründet."

Typisch, in einem so proletarischen Viertel gab es nur eine Volks- und eine Hauptschule, Bildung war, wie sie es aus ihren Studien über die schichtspezifische Sozialisation wusste, stets ein Privileg der besitzenden Klasse. „Wissen ist Macht", und so ähnlich.

Gut, sie schickte ihre Kinder auf eine Privatschule, damit sie nicht durch den unbarmherzigen Leistungs- und Konkurrenzdruck des staatlichen Schulsystems zerschunden würden, aber sie wollte sich ja für andere engagieren. Der harte Kern dieser Initiative war außer ihr ein junger Dozent, der sich mit schulischer Sozialisation beschäftigte, und eine einstmals bekannte Fernsehansagerin. Sie trafen sich in den jeweiligen Wohnungen, auf den Hochglanz polierten Tischen standen auf Untersetzern die Weingläser, und es gab auch Erdnüsse und Salzstangen. Sie machten Entwürfe, verfassten Papiere, und als ein ganzer

Aktenordner voll war, entdeckten sie, dass alle Kinder, die aus diesem Stadtteil eine höhere Schule besuchen wollten, nur zehn Minuten mit der U-Bahn fahren mussten, um mehrere höhere Schulen zu erreichen.

Großmütterchen fröstelte.

„Sollen wir dir eine Wärmflasche machen?" fragen die lieben Enkeltöchterchen.

„Nein, lasst nur," sagt das Großmütterchen und hüllt sich enger in das warme Tuch.

„Ich bin dann aus der SPD ausgetreten."

Es gab dafür verschiedene Gründe, nachdem sie zum dritten Mal ihre Kapitalschulung nicht beendet hatte, wusste sie eines ganz genau, dass es die Kapitalisten waren, die die Arbeit nahmen, und die Arbeiter sie hergaben, aber in der SPD wurde es immer noch falsch bezeichnet, die Arbeitgeber waren die Besitzenden und die Arbeitnehmer waren das Proletariat, aus diesen falschen Bezeichnungen ging ja schon klar hervor, dass die SPD nicht das richtige Bewusstsein hatte, sondern dem Kapitalismus zu arbeitete.

Und dann waren da noch diese ewigen Sitzungen, sie hatte es sogar bis zur Bezirksabgeordneten gebracht, was keine besondere Leistung war, da es so wenige Mitglieder gab. Und dann musste sie einen ganzen Samstag in einem verqualmten und bierdampfigen Lokal verbringen, ihre Sitzfläche war ganz durchgescheuert, und ein uninteressanter Antrag nach dem andern wurde entweder schnell abgestimmt oder diente zur Redeprofilierung der Hähne auf dem Mist.

„Also", sagte das Großmütterchen, „ ich konnte mich nicht mehr mit der Partei identifizieren."

„Aber," sinniert sie in sich hinein, „wenn ich doch drinnen geblieben wäre?"

Schließlich war der Juso-Vorsitzende jetzt Sozialreferent bei der Stadt, und seine Stellvertreterin Landtagsabgeordnete.

„Ich hätte wahrscheinlich Frauenbeauftragte werden können, vielleicht in Posemuckel."

Wieder ging ein Frösteln durch ihren Körper.

„Großmütterchen, wir holen dir noch eine Wolldecke", sagen die lieben Enkeltöchterchen und tun es.

Großmütterchen merkt es nicht, aber sie sieht vor ihrem geistigen Auge Berge von Akten, Kämpfe mit der Materialbeschaffungsstelle, bösartige Zeitungs- berichte, die ständige Drohung, das Amt wieder einzuziehen und die geringen Erfolge. Vielleicht hätte sie erreichen können, dass alle Berufsbezeichnungen auch in weiblicher Form auf die Formulare gedruckt würden. Aber die Frauen aus der Frauenbewegung hätten das alles zu wenig gefunden und immer mehr Geld gefordert für alle möglichen Projekte. Und dann fast jeden Abend Termine und an den Wochenenden Tagungen, ja eigentlich hatte sie nie die Arbeit um der Arbeit Willen gemocht, sie war eigentlich ihr Leben lang faul gewesen, wie das schon ihre Eltern immer gesagt hatten. Ja, und das Proletariat zu retten, war irgendwie daneben gewesen, weil sich das Proletariat so wenig für seine Rettung interessierte.

Großmütterchen zog die wärmenden Hüllen noch enger um sich.

„Aber dann gab es ja die Frauenbewegung."

Sie hatte wieder demonstriert, sie erinnert sich; es war ein dunkler regnerischer Abend und ein Polizist hatte gesagt: „Ich verstehe nicht, warum so nette Frauen demonstrieren."

Warum es damals eigentlich gegangen war, weiß sie nicht mehr so genau, vielleicht ging es gegen Pornoläden. Sie hatte sich zwar nie in einen hineingetraut, aber es reichte ja aus, wenn man darüber hörte.

Aber sie war damals Assistentin an der Uni und kämpfte für die Frauenforschung.

„Ich habe den Saftärschen im Rektorat gesagt, dass die Frauenforschung die galileische Wende in der Wissenschaft ist"

„Großmütterchen," fragen die Enkeltöchterchen, „Was sind Saftärsche?"

„Ach, Kinder", antwortet Großmütterchen, „das ist ein altes revolutionäres Wort, das mit der Revolution aus der Mode gekommen ist. Ihr braucht es nicht zu kennen."

Und sie hatte die Frauen ermuntert, in die Senatssitzung mit Kochtöpfen und Holzlöffeln zu ziehen, um

182

ihre Forderungen lautstark zu untermalen. Das fand nun das Gremium einer Reformuniversität absolut unakademisch.

Aber die Gruppe der Frauen, der sie angehörte, hatte Erfolg, das Thema war in den achtziger Jahren in und außerdem gab es das ja auch in den USA, und dort war ja alles viel besser und fortschrittlicher.

„Ich hab einen eigenen Studiengang gegründet, für Frauen ohne Abitur, aber mit langjähriger Hausfrauentätigkeit."

Widerstände gab es genug, auch bei den anderen Wissenschaftlerinnen, Hausfrauen galten als eine lächerliche, parasitäre Randgruppe. Aber sie kämpfte wie Laokoon mit den Schlangen mit der absichtsvollen Irrationalität der Gremien, manchmal meinte sie die Schlangen der Anträge, die immer wieder überarbeitet werden mussten, würden sie ersticken, aber es ging weiter, und nun durfte auch die Gattin des Zahnarztes und die Geschiedene eines Großunternehmers studieren.

„Und da war eine Frau schon über fünfzig dabei, die war nur acht Jahre zur Schule gegangen, mehr war ihrer Familie nicht möglich, und die war eine unserer besten Studentinnen."

Gut, sie war mit einem Studienrat verheiratet und litt sehr darunter, dass ihre Bildung nicht zertifiziert war. Dies Weiterbildungsstudium konnte wohl durchgesetzt werden, weil damals ein bedenklicher Mangel an

Studierenden in der Pädagogik und der Soziologie war und so das Lehrpersonal nicht voll ausgelastet war und eventuell Stellenkürzungen in den Gehirnen der Ministerialen als Fata Morgana auftauchen konnten. Da war es ganz gut, eine neue Zielgruppe zu finden.

„Nun ja," sagt Großmütterchen, „die Frauen hatten an den Frauenstudien Spaß und waren mit Elan dabei."

In ihrem Mund hat sie einen schalen Geschmack.

Sie hatte sich mehr erwartet, jetzt sollten die Frauen die Revolution machen, nicht mehr mit roten sondern mit lila Fahnen. Na ja, eine war mal für zwei Jahre Stadträtin in einer Winzstadt gewesen, die Zahnarztgattin hatte ihren Mann über Rousseau aufgeklärt, was der doch für ein Chauvischwein gewesen war, und eine andere hatte ein Partygespräch zur Hochglut entfacht, weil sie die Notwendigkeit der weiblichen Benennungen verteidigt hatte.

„Na ja," murmelt Großmütterchen und lehnt ihren Kopf müde an die Ohrenbacke ihres Sessels, die Augenlider senken sich, und sie sieht Menschen, die sich an den Händen halten und unaufhaltsam ins glühende Morgenrot marschieren. Oder ist es das Abendrot? Oder ist das Rot nicht Grau? Sind es nicht nur die Nebel der Vergangenheit, der Gegenwart, der Zukunft? Die Enkeltöchterchen sehen, dass Großmütterchen schläft, aus ihrem halb geöffneten Mund kommen leise pfeifende Schnarchlaute.

Sie gehen behutsam aus dem Zimmer und laufen dann zwitschernd durch Hain und Rain, ihre Zöpfchen fliegen im Wind, und sie suchen die ersten Frühlingsblumen, die blauen und roten und gelben und pflücken für Großmütterchen einen kleinen Strauß.

Die Wartende

Über die allgemeine Langeweile des Lebens

Sie stand am geöffneten Fenster, die laue Sommerluft umspielte ihren blonden Haarkranz. Sie sah in den rankenden Wein und die duftenden Rosen. Hinter ihr im Zimmer lehnte der Stickrahmen an dem zierlichen Stühlchen mit der bestickten Fußbank. Daneben stand das Nähtischchen, über dem die Porträts der Lieben hingen. Auf dem Sofa lag die Laute und auf dem großen Tisch das weiße Papier und die Aquarellstifte. Mit zarten Strichen hatte sie eine Rose begonnen. Sie stand vor der Fensterbank, doch sie lehnte sich nicht daran, ihre Haltung war aufrecht, doch voller Anmut, die weißen feinen Hände hingen herab. Sie schaute auf das Grün und Bunt, auf die Spalierbirnen, die fest gebunden am Gitter sich der Sonne darboten. Sie hörte das Summen der Bienen, ein Vogel wiederholte immer wieder sein „Quit Quit". Sie wartete, doch ihr Warten stieß an die steinernen Mauern des Gartens. Sie konnte nicht hinüber sehen, sie hörte nur ferne Wagengeräusche, irgendwo war Leben, waren andere. Sie musste warten, bis jemand kam.

Das Kind zog die feinen Linien auf dem braunen Schreibtisch nach, er war leer bis auf die dunkle

Schreibunterlage, die Ablage für die gerade ausgerichteten Schreibstifte und das schwarze Telefon, das niemals für sie klingelte, es war verbotenes Terrain. Die dünnen Kratzer schlängelten sich wie Flüsse in einem unbekannten Land. Es war ganz still, die Eltern hielten ihren Mittagsschlaf, nur eine dicke Hummel brummte durch den Raum. Draußen lagerte das flache Land bis zur Unendlichkeit, aber sie konnte es nicht sehen, denn eine undurchdringliche Hecke sperrte Haus und Garten ein. Sie saß auf dem Stuhl, auf dem für die alltäglichen Geschäfte ihr Vater saß. Sie wartete, dass sie groß würde, sie wollte an diesem Schreibtisch sitzen, sie wollte diese Fläche als ihre eigene haben, jetzt war sie noch klein, sie konnte nichts als warten, dass sie größer würde.

Das Mädchen sah zum Fenster hinaus, die Sonne brachte die raue Borke der Kiefern zum Glühen, Möwen durchschossen in scharfem Flug das Sichtfeld und verschwanden ins Nirgendwo. Ihr Blick kehrte in den Raum zurück, die schwarze Wandtafel, bemalt mit griechischen Buchstaben, Plus- und Minuszeichen, alles sollte einen kryptischen Sinn haben und etwas beweisen, was ihr vollkommen gleichgültig war. Sie sah auf ihre Armbanduhr, auf die große Uhr an der Zimmerfront, Sekunden schlichen dahin, Minuten dehnten sich zu Ewigkeiten. Sie wartete darauf, dass der Unterricht zu Ende wäre, dass sie endlich dies Haus verlassen könnte, sie wartete darauf, nur die Dinge zu erkunden, die ihr der Erkundung wert waren, sie quälte sich auf den harten Stuhl und malte mit dem Kugelschreiber die Löcher in der Tischplatte blau. Wann endlich, endlich würde sie das tun, was sie wollte?

Das Mädchen hatte sich verliebt, sie wartete, dass er sie bemerken sollte. Sie versuchte sich in heimlichen Blicken, sie dachte an ihn in jedem freien Moment, sie malte sich aus, wie es wäre, wenn er sie ansprechen würde, wie sie gemeinsam so vieles machen würden, sie wartete, dass die Liebe beginnt. Sie schrieb ihm einen Brief und wartete und wartete auf eine Antwort, sie lief zum Briefkasten, wenn es Zeit für den Briefträger war, nie war etwas für sie dabei. Jedes Klingeln des Telefons war eine Hoffnung, und jedes Klingeln war eine Enttäuschung. Sie sah sich suchend in den Straßen um und hoffte auf die alles erlösende Begegnung. Sie ging an seiner Wohnung vorbei, sah hinter den erleuchteten Fenstern Schattenrisse, ihn aber sah sie nicht.
Doch sie musste ja irgendwann einmal kommen, die Liebe. Sie wartete, ihre Sehnsucht wurde zur Frustration, zur Selbsterniedrigung, ihre Nase war nur ein unförmiger Knubbel, ihre Haut mit Grießkörnern und Aknepickeln durchsetzt, ihre Haare waren strähnig und

188

von einem langweiligen Braun, ihre Figur war plump. Sie war so hässlich, dass niemand, aber gar niemand sie lieben konnte. Aber die wartende Hoffnung blieb.

Und dann kam doch einer, es gab Küsse, Berührungen, hornige, raue Fingerspitzen rieben auf ihren Brustwarzen und ihrer Klitoris. Sie wurden ganz wund, aber sie wartete, dass die angereizte Begierde befriedigt würde. Der erste Beischlaf so lang erwartet, war auch nur ein Vorspiel. Sie wusste ja, das erste Mal kann man nichts erwarten, aber dann muss es doch kommen. Sie träumte davon, von dem Verfließen im Anderen, von der Gemeinsamkeit der Lust, von Orgasmen, die alle Spannungen und Einsamkeiten auflösen, und dass aus Du und Ich ein Wir wird. Aber es blieb dabei, dass immer etwas begann und dann keine Erfüllung kam. Sie wartete auf den Richtigen, sie schaute herum auf Feten, Partys, im Theater in der Oper, in den Straßenbahnen, überall konnte die Begegnung sein, nur sie kam nicht. Die flüchtigen Abenteuer, die keine Abenteuer waren, sondern nur unbedeutende nächtliche Verschlingungen boten nur den schalen Reiz, etwas Unmoralisches zu tun, das aber nicht mal mehr der Verurteilung der Gesellschaft sicher war, es war üblich, aber nicht das, was sie erwartete. Sie fühlte sich, wie eine Hälfte, die ein Ganzes zu sein begehrt, ihr Körper war eine einzige blutende Wunde, die nur durch eine andere Haut, die sich liebevoll, zärtlich und begehrend an sie schmiegte, geheilt werden konnte. Sie wartete auf dieses Heilmittel, Jahre, Jahrzehnte, manchmal verschorfte die Wunde, manchmal sprang alles wieder auf, sie fühlte sich unvollkommen und wartete auf die Vollkommenheit.

Die Schwangere wartete, dass sie von der Schwere ihres Leibes entbunden werde. Der Fötus drückte auf die Blase, mühsam schnürte sie ihre Schuhe, es waren Tage, Wochen, sie konnte schlecht schlafen, aber bald würde es so weit sein. Die Wehen kamen erst in längeren dann in kürzeren Abständen, das Pressen setzte ein, sie war ausgeliefert, sie konnte nur warten, dass der Körper das tat, was er tun musste.
Das Kind dann musste gewartet werden, sie wartete darauf, dass es trank, dass es schlief, dass es Gewicht ansetzte, dass die ersten Zähne kamen, dass es zu krabbeln anfing, zu sitzen, zu laufen, zu sprechen, ins Töpfchen machte, am Abend einschlief und sie ein eigenes Leben hatte, aber immer war ein Ohr auf das Kinderzimmer gerichtet. Und sie wartete, dass der Keuchhusten, die Windpocken, die Masern aufhörten.

Sie wartete auf den Ehemann, damit er ihr etwas von der Welt erzählte, mit ihr ins Kino ging oder nur einen Bummel machte, er war müde, angespannt von seinem Beruf, sie konnte nur warten, dass zu der Innenwelt eine Außenwelt hinzukam.

Die Kinder gingen zur Schule, sie wartete darauf, dass sie nach Hause kamen, dass sie ihre Klassenziele erreichten, von der Disko nach Hause kamen, sonntags mit ihr frühstückten, aber da schliefen sie meistens noch. Sie bangte um ihre Schulabschlüsse, um die Wahl und Beendigung ihres Studiums, um ihre Liebesbeziehungen, um eine feste Partnerschaft, um ihren beruflichen Erfolg. Die Mutter konnte nur warten und hoffen, dass sie die Kinder hin und wieder anriefen oder sie gar besuchten.

Während sie so wartete, erinnerte sie sich, die langen Stunden in den Arztpraxen, die sie dort verbrachte, obwohl sie einen exakten Termin hatte, das lustlose Durchblättern der zerfransten Illustrierten, die Langeweile bei den Herz- und Schmerzgeschichten der adeligen und anderer Prominenter, das Rutschen auf den harten Plastikstühlen und immer wieder schaute sie auf die Uhr und zählte die Patienten, die vor ihr da gewesen waren.

Und dann die lange Wartehalle beim Einwohnermeldeamt, in der schwitzenden Hand den kleinen Nummernzettel, die Augen huschten von einer Anzeigentafel zur anderen, noch waren 100 vor ihr dann nur 83, und schließlich fünf. Dann gab es die Schlange vor dem Schalter, an dem man die Gebühren bezahlen musste, irgendwann kam dann der Brief, dass der Pass zum Abholen bereit liege, dies hieß wieder mit dem klebrigen Zettel zu warten...

Und auf wie viel steinernen Bänken im gestrichenen Marmorlook hatte sie gesessen und auf die italienischen Züge gewartet, sie konnte mühelos binario uno, due, tre lesen und wusste auch, was es hieß, „es ist verboten die Gleise zu überqueren". Lautsprecheransagen quollen über sie her, unverständlich, doch nicht missverständlich, die Züge hatten Verspätung oder es war gerade mal wieder Streik, oder sie musste einen Bus als Schienersatzverkehr nehmen, all dies aber konnte sie nur erraten.

Und im Winter wartete sie, dass es Frühling wird, im Frühling, dass es aufhörte zu regnen, im Sommer darauf, dass der Urlaub begann und im Herbst...

Die Berufsfrau wartete auf den Donnerstag und das Erscheinen der ZEIT, sie überblätterte den politischen Teil und das Feuilleton, sie interessierte nur die Stellenanzeigen, sie suchte jeden Donnerstag und selten fand sie etwas, was für sie passte. Und dann nach der Bewerbung musste sie wieder warten, warten. ...Manchmal kam gar keine Antwort, manchmal eine knappe Bestätigung des Eingangs, und viel seltener durfte sie ihre Bücher einsenden, dann kam wieder ein Warten, und sie stellte sich vor wie es wäre, in Oldenburg oder Duisburg zu leben. Dann kamen die Absagen, das Warten war dann zu Ende aber auch die Hoffnung. Einige Male wurde sie auch eingeladen und durfte einen Probevortrag halten, da war dann Angst, Aufregung und Hektik ... und wieder warten, irgendwann erfuhr sie dann, dass sie auf dem zweiten oder dritten Platz oder gar nicht positioniert war. Wieder und wieder bewarb sie sich, ihre Überlegungen zum Leben in Berlin, Frankfurt oder Göttingen waren alle umsonst. Aber es gab den Donnerstag, auf den sie warten konnte. Sie zerriss schon fast unbewusst die Absagebriefe, nachdem sie den ersten Satz gelesen hatte. Sie durchstand die herabsetzende Kühle der Vorstellungsrunden, die Kollegen, die ihr zuhörten, die ihr Schicksal in der Hand hielten, tranken Kaffee und boten ihr nicht mal ein Glas Wasser an, einer schlief bei ihrem Vortrag ein, er hatte schon fünf vor ihr gehört ohne Pause. Andere unterhielten sich mit ihren Nachbarn, und ihre ironischen Bemerkungen entlockten kaum ein Lächeln. Es war ein Warten in extremer Anspannung, manchmal dachte sie, wenn sie zu dem Ort für einen Vortrag, fuhr:

„Ich steig gar nicht aus, ich kehre gleich um."

Es glückte dann doch, aber das war nicht das Ende, sie musste sich weiter qualifizieren, weiter bewerben und so ging es Jahre hindurch, endlich saß sie zitternd nach einem solchen Vortrag im Zug und stöhnte:

„Ich kann nicht mehr, ich kann nicht mehr."

Dies sollte ihre letzte Stelle werden. Die ZEIT nahm sie nie wieder in die Hand.

Aber sie hatte ein Hobby, welches auch mit Warten verbunden war , warten auf die richtige Stimmung, auf die Inspiration, also einfach darauf, dass ihr etwas einfiel und sie dies auch aufschreiben konnte. Das war eigentlich harmlos, halt eine Schreibende in Wartestellung, außer diesem Gefühl:
„Ich kann es ja sowieso nicht, ich halte nicht durch, und es ist sowieso alles schlecht."

Aber dann wollte sie sich professionalisieren. Und dann begann das neue Warten, auf Literatur-agentInnen , auf die Antwort von Verlagen, und die ausgeschickte Papierflut rollte wieder zurück und überschwemmte sie mit Verzweiflung. Sie hatte das geduldige Warten immer noch nicht gelernt...

Die alte Frau stand am Fenster, schwer lehnte sie sich gegen die Fensterbrüstung und sah ins Grün, die Rosen und die Malven blühten, das Eichkatzel lief durch den Walnussbaum, der Buntspecht klopfte am Stamm, die Nacktschnecken fraßen sich ihren schleimigen Weg; und der Giersch überwucherte alles. Aus der Wand von Grün kreischte die Elektrosäge aus dem Nachbargarten, und der Rasenmäher knurrte und spuckte. Von Ferne war das ständige Rauschen der Autobahn zu hören.

Hinter ihr im Zimmer zerknäulte sich Papier in den Körben und Ablagen, die Bücher staubten vor sich hin, die Bilder vergilbten, die CDs und Kassetten wuchsen in wackeligen Hügeln, in den Aschenbechern verglühten Zigaretten.

Sie sah hinaus und wartete, es gab nichts, auf das sie noch hoffen konnte, das Leben hatte ihr alles geboten, was dies Leben bieten konnte. Sie wartete darauf, dass die Tage vergingen, die Nächte waren voll dumpfer Träume, die Phantasie hatte sie verlassen, sie wartete vom Morgen bis zum Abend, sie wartete und sah ins Grün, das Grün würde welken, sie wartete auf das Ende des Wartens.